FRANCISCO MANGABEIRA

CB122519

# AS VISÕES DE SANTA TEREZA

Coleção
GRANDES CLÁSSICOS DA LÍNGUA PORTUGUESA
VOLUME 25

★ BRASILIARIS ★

Copyright © 2023 Brasiliaris

**Editor-chefe:**
Tomaz Adour

**Capa:**
Spirit

**Revisão:**
Equipe Vermelho Marinho

**Diagramação:**
Marcelo Amado

Texto revisado segundo o novo Acordo Ortográfico da Língua Portuguesa.

Dados Internacionais de Catalogação na Publicação (CIP)
Fabio Osmar de Oliveira Maciel – CRB-7 6284

M277v

Mangabeira, Francisco, 1879-1904
As visões de Santa Tereza / Francisco Mangabeira. – 1. ed. – Rio de Janeiro : Brasiliaris, 2023.
62 p. ; 21 cm. – (Grandes clássicos da língua portuguesa ; v. 25).

ISBN 978-85-8265-279-4

1. Romance brasileiro. I. Título.

689-077-23 CDD : 869.93

Índice para catálogo sistemático:
1. Romance : Literatura brasileira 869.93

**EDITORA VERMELHO MARINHO USINA DE LETRAS LTDA**
Rio de Janeiro — Departamento Editorial:
Avenida Gilka Machado, 315 — bloco 2 — casa 6
Recreio dos Bandeirantes — Rio de Janeiro — RJ
CEP: 22795-570

VERMELHO MARINHO
www.editoravermelhomarinho.com.br

# SUMÁRIO


5 Apresentação
7 Capítulo 1 - Os sons do bandolim
12 Capítulo 2 - O mocho
20 Capítulo 3 - O rajá
24 Capítulo 4 - O velho castanheiro
30 Capítulo 5 - A lua
38 Capítulo 6 - Sóror Matilde
45 Capítulo 7 - O desaparecimento do mocho
48 Capítulo 8 - O sacrilégio
54 Capítulo 9 - O fantasma negro

# APRESENTAÇÃO

O selo Brasiliaris é uma iniciativa da Editora Vermelho Marinho com a Spirit, que tem como objetivo resgatar todas as obras clássicas da literatura brasileira que estejam em domínio público. Independente do autor ou da época em que escreveu, a coleção pretende publicar todas as obras de todos os autores que estejam disponíveis para publicação ou digitalização.

É um trabalho de longo prazo, pois citando apenas alguns autores muito conhecidos, como Machado de Assis, José de Alencar e Joaquim Manuel de Macedo, descobrimos que eles têm uma obra muito extensa, incluindo romances, contos, novelas, poemas e textos teatrais, fora artigos em ensaios. E muitas dessas obras não se encontravam mais no mercado. Até agora.

Tomaz Adour, o editor da coleção, já vem fazendo este trabalho de resgate há mais de 10 anos, conseguindo trazer de volta ao mercado autores do porte de uma Júlia Lopes de Almeida, A. G. Teixeira e Souza, Paulo Setúbal, Coelho Neto, Francisca Júlia, Bruno Seabra, Carmen Dolores, Martins Pena, João do Rio, Coelho Neto, Chrysanthème, entre tantos outros que lançou na Coleção Grandes Clássicos.

Com o apoio da Spirit e sua experiência em design aliada à sua paixão pelos livros, estes e outros autores irão ganhar roupagem nova, com edições especiais com orelhas, edições especiais em capa dura, além de ebooks a preços acessíveis para todos os leitores.

Este projeto ambicioso é uma forma de levar ao público tudo de bom que foi produzido em nossa literatura, permitindo que os leitores tenham acesso não apenas às obras mais famosas dos principais autores, mas também a obras que estão fora do mercado há décadas ou mesmo séculos. Com isso, um leitor que se apaixonar por um livro de um autor poderá conhecer toda a sua obra.

É um trabalho de garimpagem. Temos mais de 10.000 obras a serem publicadas e estamos atrás de obras perdidas, esquecidas ou que possuem poucas cópias em bibliotecas ou coleções particulares. Por isso, todo apoio é bem-vindo. Cada leitor ou amante de livros que deseje sugerir ou indicar uma obra receberá os créditos e será um colaborador da coleção. Acreditamos que, desta forma, obras perdidas ou com cópias desgastadas poderão ser resgatadas, desde que haja um colecionador ou uma biblioteca que a possua. Se quiser colaborar, basta nos escrever.

Que os leitores possam descobrir cada vez mais as obras de uma das literaturas mais importantes do mundo!

CAPÍTULO 1

# OS SONS DO BANDOLIM

Noite...

Um vento frio e cortante zune furiosamente pelo espaço cheio de sombras...

Dentro duma pequena cela, ajoelhada e pálida, olhar extático, mãos fidalgas e finas erguidas em súplica, rosto levantado à semelhança duma flor muito perfumada e muito branca, Santa Tereza fita a imagem de Cristo que ressalta gloriosamente da parede alva e nua.

Reza... Tem no olhar uma fulguração estranha... Depois se levanta, abrindo muito os olhos como que para fitar uma paisagem longínqua...

Ilumina-lhe a boca um sorriso inconsciente e vago... O vento adormece e o luar penetra discretamente esse aposento que uma luz frouxa de lâmpada povoa de névoas impalpáveis e aladas... Paira um oculto mistério em torno à figura angélica da freira, que, enlanguescidamente, cisma...

Vêm de fora os sons apagados dum bandolim....

**SANTA TEREZA**

Donde vem esta música, branda e acariciadora como um sorriso, abafada e trêmula como um soluço?... Quem a estas horas, ousa ferir o silêncio da noite e perturbar o sono das virgens que sonham noivados à luz das estrelas radiosas e vívidas? Talvez um noctâmbulo a passear pelas ruas desertas e mudas, como um fantasma fugido dum cemitério... talvez um namorado junto ao balcão em flor da amante que, alegre como as cigarras, lhe estende uma escada de seda abrindo os braços à espera que ele, ágil e elegante, capa ao ombro, galgue os degraus, venturoso como quem sobe para um trono, contrito como quem se ajoelha ante um altar... O luar talvez os espie por entre as nuvens e vá surpreendê-los no primeiro beijo, abençoando-os...

Ela deve estar linda como as raparigas que vão para a primeira comunhão... ele deve estar inquieto como um soldado numa batalha decisiva... Vê dum lado a vitória, do outro lado a morte. Mas em breve esta incerteza se dissipará e os seus lábios entoarão um hino de triunfo, ardendo numa mesma chama, lavrados pelo mais forte incêndio... Em breve se ouvirão maciamente ruídos de beijos, ternuras de confissões e protestos... E os braços dela ficarão mais quentes e moles... os seios maiores, muito maiores...

(Para... e estremece-se toda. Vê num balcão florido dois jovens noivos abraçados... Os cabelos da moça envolvidos num manto de seda... Os lábios do rapaz cintilam e lançam chispas de voluptuosidade no rosto enlanguescido da amada... Um leve rumor de beijos faz despertarem os ninhos que começam a cantar em honra ao ditoso par... A lua como que se enternece e ri...)

São tão felizes! E eu sou tão desgraçada!

(Ajoelha-se, e um grito angustiosíssimo se lhe escapa dos lábios.)

Sou tão moça e já estou assim velha!

Pareço-me com estas mendigas raquíticas que morrem de fome pelas estradas, à luz torrencial do sol... Minha carne está murcha como um jardim sem orvalhos.

Trago no corpo um aroma de folhas secas e de flores mirradas... Sou um ninho abandonado em que não pipilam mais passarinhos... Vivo num país onde só há o inverno, país álgido e monótono, jamais visitado pela fada cantante e loira da primavera. Tenho nos seios duas sepulturas e as minhas mãos são cruzes erguidas num cemitério em que alvejam campas de recém-nascidas. Dentro dos meus olhos ardem círios e tremem lágrimas... Lembram um templo vazio, sem altares, no interior do qual crepitam luzes ante a imagem fúnebre da minha desventura. Outrora eu tinha na cabeça um ninho de cotovias, hoje ela está cheia de mochos. Todas as outras freiras quando me veem, fitam-me espantadas e julgo até que rezam pedindo pela minha salvação. Olham-me do mesmo modo porque eu olho os aleijados e os cegos. Comparo-me a uma lagoa envenenada e escura onde não voam garças nem florescem açucenas. Por que tamanho isolamento? Por que tão grande desventura?

Aqui, sozinha, encerrada entre quatro paredes desta cela misteriosa e branca, me definho pouco a pouco, todos os dias, como se dá com as plantas que nascem dentro das rochas, nos buracos das pedras, privadas de água e de sol... Meu Deus, por que negais a água à minha boca sequiosa e luz à minha vista enfraquecida?

Por que não foram eternos os dias da minha infância, em Ávila, quando vivia ao lado de meu irmão, que sorria ao ver-me sorrir e só era feliz com a minha alegria?

Por que não me voltam mais aquelas quentes manhãs de domingo, em que eu ia assistir à missa e dar pão às velhinhas rotas e enrugadas que esmolavam no adro da Igreja?

Minha trança cheirava como um vergel e meus lábios cantavam como um ninho.

Dir-se-ia que a alegria, a luz, a primavera se encarnara em mim. Quem sabe?

Talvez fosse muito cobiçada pelos rapazes que me olhavam demoradamente, como encantados.

No entanto, ninguém possuiu esse tesouro. Fui pura, sou pura, morrerei pura!

Oh! É muito triste dizer: Sou rica e vivo faminta! Tenho boca e nunca serei beijada. Vivo acorrentada a um perpétuo desespero! Quero beijos de fogo que me queimem toda, apertos voluptuosos que me estrangulem. Sim! Hei de repousar a cabeça tonta no peito de alguém que me estremeça e saborear freneticamente os carinhos de alguém a quem ame.

Porventura a luz que encerro nos olhos é destinada a morrer ou a iluminar escuridões, espancando trevas...

Por que, se sou tão moça, não gozo aquilo a que tenho direito? Vem, mancebo de coração ardente e olhos lânguidos com quem todas as noites sonho e por quem chamo a todos os instantes; vem clarear com teus olhares a noite de minha alma, santificar com teus beijos o martírio da minha existência! (Desvairada, abre os braços e aperta com eles a imagem do crucificado que irrompe, majestosa, calma, divina, na parede branca, numa irradiação esplêndida. Olha-o com arrebatamento, e vê-lhe as chagas sangrando).

Meu Guia, meu Pai, meu Deus! Meu Dulcíssimo Jesus de olhos compassivos e ternos, por que não tens pena de mim?

Por que não serenas minha alma tão chagada como teu corpo, que vejo fulgir maravilhosamente, tendo nos pés, nas mãos, nos braços e no rosto constelações de rosas vermelhas, papoulas desabotoadas em sangue?...

Por que não me abençoas, estendendo-me essas mãos sagradas, banhando-me com esse olhar cismador e meigo?

Nunca se amou tanto como te amo agora! Meu Guia! Meu Pai! Meu Deus! Meu Dulcíssimo Jesus, por que não me purificas com um beijo, um só, dos teus lábios vermelhos? Seria desde então a tua mais fervida crente, o teu mais devotado adorador.

Um beijo de tua boca seria a minha mais alta recompensa! Ama-me, Dulcíssimo Jesus. (Avança e beija carinhosamente a imagem... Depois se exalta, diz frases soltas, beija-o com mais ardor, como se tivesse enlouquecido. Não desvia o olhar para parte alguma e os seus seios entesam-se cada vez mais... De repente, empalidece muito, aterra-se e grita. Permanece alguns instantes de pé, imóvel, como se tivesse sido acordada dum sonho terribilíssimo. A contração das mãos e do rosto denuncia o desespero que a esmaga e, passado algum tempo, desata em choro copiosíssimo).

Perdão, meu Deus, perdão. Compadece-te de mim, o mais desgraçado dos entes!

Perdão, que eu não soube o que fiz!

De uns tempos para cá vivo como doida, querendo purgar os meus erros... porém, cada vez desço mais. Em vão peço a tua misericórdia que me livre dessa tentação feroz!

Meu Deus, suplico, não pela primeira nem pela última vez, o teu perdão.

Sou boa! Minha alma tem a brancura virginal das magnólias ao relento...

Se atos profanos mo marcaram a pureza, eu não fui culpada. Por teu amor quis outrora oferecer minha cabeça ao alfanje assassino dos mouros que não te adoram! Por teu amor estou enterrada viva nesta estreita cela.

Ah! Mas a falta foi irreparável!... Estas irmãs do convento, estas ingênuas que tanto se admiram, que me chamam a Imaculada, a única, como não ficariam espantadas quando soubessem que sou a mais vil de todas, a única que ousou profanar a imagem adorável do crucificado!...

Vai a um canto da cela buscar os aparelhos próprios para a penitência. Aperta em correntes de ferro os frágeis pulsos, que se tornam arroxeados. Arranca uma grande quantidade de cabelos, torce os braços... Depois descobre os seios e fere-os com estiletes de aço...

O sangue esguicha impetuosamente em múltiplos filetes. Com um ferro em brasa queima os lugares feridos, onde se abrem grandes chagas como escrínios fumegantes.

Acabada a penitência, permanece a rezar por muito tempo. Então uma pomba muito branca, da cor dos jasmins e da neve, entra repentinamente na cela e vai pousar sobre o ombro de Santa Tereza.

O semblante da freira toma um aspecto irradiante e consolador.

**A POMBA**

Mártir! Sacrificas-te ao amor de Deus e tens lágrimas como recompensa à tua abnegação; dilaceras a alma, rasgas as carnes queimando-as em holocausto à tua fé e não adias um alívio sequer!

Há anos que te consomes resignadamente, sem queixas, por tudo que há de sagrado e ainda não tiveste um prêmio, a não ser minha presença nos momentos de contrição e de arrependimento como este.

Regozija-te! Eu sou a companheira dos puros e dos que se arrependem. És venturosa, porque me tens ao teu lado... e ai daqueles que não me conhecem, e não se deliciaram jamais com a pureza dos meus encantos.

**SANTA TEREZA**

Salve, Pai de todos os que choram, bálsamo para todas as chagas. Alívio para todas as dores! Salve, tu que mandaste à tristeza da minha alma este grande consolo! Rouxinol que enches de harmonias o chão das almas e transformas em céu o luto dos corações. Salve!

(Dirige-se ao leito, reza, e adormece...)

CAPÍTULO 2

# O MOCHO

(Hora das matinas... No céu, o sangue da madrugada... Medrosa, desaparece a lua... Apagam-se, uma a uma, todas as estrelas... As nuvens lembram corvos ensanguentados com setas candentes no flanco. Os ninhos estão acordados e nas flores brilham ainda as gotas do orvalho, como se elas tivessem chorado muito durante a noite...

Ouve-se o toque do sino que chama as freiras à oração... Estas, envoltas nuns compridos vestuários escuros, rezam em coro...

Terminada a prece habitual, Santa Tereza se dirige à sua cela, mergulhada ainda numa penumbra indecisa e queda-se a cismar...

Ao olhar para a cabeceira do leito dá com um mocho hediondo e negro que a fita...)

**SANTA TEREZA (olhando o mocho)**

Quem és?

O mocho continua imóvel, fitando-a friamente.

**SANTA TEREZA**

Quem és tu, que vens roubar-me a tranquilidade, perseguindo--me com este olhar penetrante que me dói como se fosse um látego de fogo batendo sobre mim?

Donde vieste? Por que me fitas tanto e não respondes às minhas perguntas? Imóvel, à cabeceira do meu leito, furas-me com esses olhos redondos e maus, sinistros e apavorados... Teu silêncio exprime tudo... Olhando-me, pões-me nua, mordes-me toda como a um cadáver os vermes famintos... Quando te vejo, sofro muito e é em vão que procuro distrair-me e esforço-me para esquecer-te...!

Não me largas mais...

Levas a fitar-me o dia inteiro, mudo como estas alvíssimas paredes que nos cercam, frio como o vento que sibila surdamente lá fora...

Pareces-me um algoz, mas um algoz cruel que não me mata duma vez, um algoz que se contenta, matando-me aos poucos.

Teu olhar é um veneno fluido que me enche de raiva e aborrecimento. És a penitência de minha alma. Tua presença me asfixia.

De longe como estás retalhas meu coração... porém, o retalhas com os olhos.

Por Deus, responde-me: Qual foi o mal que te fiz para me fazeres tanto mal?

(O mocho continua mudo, fitando-a calmamente).

SANTA TEREZA

Meu Deus, a presença deste agoureiro hóspede é a maior tortura para mim. Por causa dele, não vejo beleza alguma no sol que rompe além, à semelhança de uma galera carregada de ouro que uma explosão deslumbrante incendiasse transformando-a naquela enorme avalanche de brasas, que é uma apoteose à terra.

Olho para as nuvens, sangrentas como águias feridas, para os campos constelados de flores e de ninhos, para as borboletas que parecem estrelas errantes, sinto a viração matutina afagar-me, desperta em arminhos invisíveis e leves, rezo pedindo um lenitivo à minha angústia motivada pela presença deste pássaro satânico, porém nada disto faz com que ele me deixe sossegada, no retiro deste convento.

Se olho o papoilal, a aurora, as nuvens, os campos, acho tudo isso incolor e, ao voltar a cabeça, encontro-o a fitar-me ironicamente como sempre.

Oro, ajoelhada ante o altar, as mãos cruzadas numa prece fervorosa em que peço a Deus e à Virgem Maria para livrarem-me desse horripilante companheiro que me fita com insistência, cheio de maldade e covardia... porém, se levanto a fronte, sinto cair pesadamente sobre mim a bruma carregada e intensa do seu olhar.

Procuro ler, mas não posso... não posso escrever, nem mesmo posso me recordar da existência passada porque este mocho feroz me preocupa, me subjuga, me pisa.

Se ao menos falasse, me dissesse quem era, donde vinha, o que queria de mim, talvez a minha dor fosse menor.

Mas, assim, inclemente e impassível como um envenenador, traiçoeiro como uma cobra... Quando o vejo, penso que meu leito se transforma em um túmulo. E quem sabe se não veio dum túmulo? Quantas vezes não piou nas galhas dos ciprestes, confundindo os seus gemidos com os uivos da ventania?

E de que túmulo teria saído? Do túmulo duma criança? Do túmulo dum velho? Do túmulo dum assassino? Foi com certeza de algum sepulcro mau que ele saiu...

Mesmo parece que em seu corpo está encarnada a alma dum assassino que, abrindo a campa, fugiu numa noite medonha para perseguir-me.

Dentro dos seus olhos há fogos-fátuos, gritos e crepes.

Parece um ídolo selvagem coberto de cinza e pó.

Ao vê-lo, tremo como um prisioneiro que vai ser degolado...

Sinto calafrios, apertos no coração, tremores na cabeça; os olhos se me tornam inertes e baços e as mãos caem-me fatigadas.

Às vezes examino-me, apalpo bem os pulsos e os pés para certificar-me de que não estou acorrentada.

Depois, então, me lembro que é minha alma que está acorrentada ao olhar deste martirizador, preto e feroz, que, de asas encolhidas e olhos abertos, me queima, pouco a pouco, dolorosamente...

Produz em mim o mesmo efeito dum cáustico no peito duma criancinha moribunda.

E não há nada que diminua esse horrível sofrimento.

Antigamente eu levava os dias inteiros a conversar com aquela pomba inocente e láctea que me estimava como a uma filha.

Depois das rezas, ela me aparecia a rir, batendo as asas, como se me não visse há muito tempo.

E vinha e pousava-me no ombro, falando-me em coisas santas e acariciava-me, iluminando o meu coração com raios pálidos de lua e fulgores coruscantes de sol. Nas penas trazia aromas desconhecidos, aromas próprios talvez das flores celestes e dela, que também era uma flor.

Uma espiral de incenso se lhe evolava constantemente do corpo, que parecia modelado em marfim.

Com o aparecimento desse intruso, foi se esquivando, se esquivando cada vez mais...

Há dias em que a não vejo. No entanto, quando eu era pequena, nunca me abandonava, e assim que senti morder-me o desejo do primeiro pecado, desapareceu para fazer-me visitas espaçadas que foram se rareando. Ontem à noite, depois de um grande arrependimento, me pousou no ombro, consolou-me, fez-me dormir. A sua visita alegrou-me tanto!... Que imenso pesar não senti quando acordei e soube que a minha boa amiga tinha desaparecido, sendo substituída por este sinistro inimigo, que me cilicia a alma sem piedade alguma. Um pressentimento implacável diz-me que nunca mais tornarei a ver a minha saudosa consoladora.

(Dá um profundo suspiro... Inclina a cabeça tristemente, cismando. Tem no rosto uma suave expressão de melancolia. Parece uma violeta prestes a morrer... Olha vagamente para tudo que lhe fica em torno, à semelhança duma cega que de repente visse a luz e ficasse embevecida.

Espia pela grade da rótula para fora. O sol refulge pomposamente no côncavo do céu que se veste de galas... Grandes nuvens disformes correm no espaço como ondas de chamas que o vento empurrasse.

Há uma alegria comunicativa por tudo... A luz solar despedaça-se em cristais faiscantes, divide-se em faíscas multicores para cobrir a terra com um manto de rainha.

Muito além, realçando sobre o tapete da relva, se levantam árvores carregadas de frutos e de ninhos. Parecem catedrais pintadas de verde. Súbito, um gorjeio límpido e alto se ouve. O rosto de Santa Tereza toma, então, uma formosa expressão de contentamento. O mocho desaparece da cabeceira do leito).

Meu Deus, como me é grata nesse desterro ver árvores e ouvir ninhos! Como eles cantam! Que agradável que é a sua música!

Parece-se às vezes com o grito das crianças, outras vezes com o soluço dos velhos.

Dir-se-ia uma miscelânea de beijos, queixumes, prantos, súplicas e gargalhadas. Penso que dentro deles se escondem pequeninas liras de cristal que o vento tange, tímpanos de ouro que o sol fere... e os passarinhos são como violinos de veludo vibrando no azul.

Lá está um casal de rouxinóis. Lembram dois noivos... Como se animam, espanejando as asas, unindo as cabeças na extremidade daquele ramo que estremece, dobrando-se e elevando-se a cada movimento deles.

Devem estar neste mútuo galanteio desde que despertaram. O ninho talvez ainda esteja quente... e eles, mirando-o; hão de se lembrar do modo pelo qual o fizeram: da palha que foram buscar muito longe, num matagal cheio de espinhos onde não corria um veio de água... Das folhas cheirosas que arrancaram duma árvore secular e tristonha em que se abrigaram repletos de amor e languidez... Dos gravetos que apanharam nos campos e depois, das penas que arrancaram dos próprios corpos para encobrir-lhe as fendas e torná-lo mais confortável. Também hão de se lembrar daquela terra vaporosa em que a fêmea se sentiu fecundada sob uma arcada de folha e foram muito distante para beber água dentro duma concha cor-de-rosa que parecia um ninho cheio de lágrimas... Das excursões pelos jardins em visita aos pés de miosótis, que eram como crianças vestidas de azul, e os jasmineiros que eram como virgens vestidas de branco... Daquela vez em que foram, ao pôr do sol, cantar pelos vinhedos, cujo perfume embriagava, e sugaram o mel da mesma uva, pousados no mesmo ramo... Das manhãs saudadas num canto único, dos prados percorridos num só voo... da angústia sentida por um deles pela demora do outro, julgando-o morto ou prisioneiro, e do furor com que partiu, célere qual uma flecha rompendo o espaço, à procura do companheiro que voltava trazendo no bico uma flor de mel saborosíssimo para sugarem-na juntamente.

Agora pensam nos filhinhos que em breve se emplumarão para os acompanhar aos bosques e se reproduzirem, sentindo então o mesmo gozo que eles sentem hoje.

E agasalhados como duas flores num galho ou duas pétalas de uma flor, talvez projetem um passeio à coluna que além se ergue risonha e vitoriosa como uma princesa.

Assim que o sol estiver mais ardente, partirão: darão uma volta por aqueles sítios, pousarão no telhado duma casinha construída bem no cimo da colina, comerão daquelas frutas que de maduras parecem cair, acariciarão aquelas flores lindas e imóveis como borboletas paralíticas, irão beber água numa fonte que se despenha em maravilhosa promiscuidade de cores, à maneira de um cofre aberto derramando continuamente rubis, pérolas, topázios, diamantes, ametistas, fios de ouro em pó, ondas de prata líquida... cantarão no alto dum majestoso carvalho desdobrado em pálio sobre as ervas rasteiras; pousarão num alpendre do flores douradas que daqui não vejo... depois... depois voltarão aos ninhos, irradiantes e festivos, cantando, cantando.

Aí dormirão serenamente, ao brilho esmaecido da lua...

E amanhã, e depois, e em quanto viverem, serão sempre carinhosos, gozando uma felicidade sem limites.

Como não devem ser gratos a Deus que os fez tão ditosos, tão puros e lânguidos!

Os cantos entoados há pouco pelos ninhos eram com certeza uma reza em ação de graça à bondade daquele que protege tanto as aves.

E assim vivem, sustentando-se de flores e de beijos, essas joias errantes, esses namorados eternos, acolhidos, dois a dois, nos frouxéis perfumados e mornos dos seus pequeninos lares.

Todas as manhãs se entreabrem milhões de bicos num só idílio, no idílio sacratíssimo do amor a que todos têm direito, menos nós, menos eu, enterrada viva entre essas paredes caladas. Não sei mesmo porque Deus me faz assim infeliz!

Porque, tendo eu uma carne tão cheirosa, me condena à sombra e à solidão, onde, chorando, assisto ao emurchecimento vagaroso da minha mocidade!

Para que tenho uns cabelos tão longos e uns seios tão brancos?... Se jamais haveria de ser beijada, por que me deu uma boca e encheu de labaredas meus olhos?

Ardem-me dentro do coração crateras que deviam ser extintas e ainda não o são, brasas cobertas de cinzas e que revivem mais inflamadas ainda, ao menor sopro.

Por que não nasci disforme, para ao menos não me julgar com o direito de ser amada?

Por que meus olhos enxergam, se choram todas as vezes que querem ver aquilo que não devem ver?

Antes nascesse sem juízo, porque nem a minha cabeça pensaria no que não devia pensar, nem meu coração desejaria o que jamais poderei gozar.

Sou como um viajante faminto e sedento caminhando para chegar a uma terra abençoada onde há fontes frescas e pomares virentes... Apressa os passos, e à proporção que anda, vê irem-se afastando as fontes e os pomares, até que afinal cai em meio da estrada, ensanguentado e ferido, olhando ansiosamente o cobiçado país que foge e se some muito ao longe, em uma tenuíssima poeira de luz.

Meu Deus! Parece-me que te esqueceste de mim...

Abandonaste-me como o vento que sacode as árvores, arranca-lhes as folhas, e vai... e não volta mais!...

Qual a causa deste abandono? Por ventura existirá alguém mais dedicado que eu pela tua glória?

E, se é assim, por que me recusas o que não negas aos outros?... Por quê... Meu Deus, perdão! Sou uma inconsciente perseguida por um eterno pesadelo... Sinto caírem-me dentro da alma avalanches de bronzes... Piedade!

Clemência para mim, a mais pecadora de todas, para mim que traio o voto jurado e chafurdo-me na lama dos desejos brutais!...

Perdão, Deus misericordioso, meu único amor, minha esperança única! Há um gênio mau que me persegue...

Perdão! Sou inocente como as abelhas que matam as flores sem saberem o que fazem...

Tenho lutado muito, para ver se apago dentro em mim essa maldita chama...

Mas é em vão que procuro extinguir o fogo e purificar-me com a execuçao de alguma ideia nobre!...

Debalde queimo as carnes, rasgo os braços, apunhalo os seios intumescidos dum sangue venenoso e lascivo...

Perdão! Eu sou fraca demais!... (Com o semblante pesaroso e os olhos anuviados, despe a longa camisola, deixando as chagas descobertas... Aperta com os cilícios os ombros ensanguentados e os seios palpitantes ainda... O contato do arame sobre a carne viva produz contrações dolorosas no corpo desmaiado da freira... Dir-se-ia que as próprias chagas gemem...

Lembra uma rola a que se arrancassem as penas... Seus olhos parecem que foram pisados, tamanha é a tristeza deles...

Separa de novo o vestuário, deixando sobre os seios o cilício pungente... Pensa por algum tempo... Para e espanta-se como se estivesse vendo alguma visão aterradora... Subitamente, aparece o mocho à cabeceira do leito. Santa Tereza fita-o e recua).

Santa Maria cheia de graça, condói-te desta mísera, que sofre como ninguém sofreu ainda!

Os martírios infringidos aos cristãos pelos bárbaros nada são, comparando-se ao meu.

Tem pena de mim! Santa Virgem Maria, tem pena de mim! Livra-me das ideias profanas que tanto me perseguem como também deste amaldiçoado pássaro, cujo olhar é um azorrague para minha alma.

Sabes quanto tenho lutado por livrar-me dele, porém, até hoje todo meu esforço tem sido inútil. Por que tão grande castigo para quem não o merece? Não vês como tremo na presença deste mocho? Expulsai-o para bem longe, minha Nossa Senhora! Tem pena de mim, Santa Virgem Maria!

Tem pena de mim!

(Ajoelha-se de novo, rezando... Há um choro celeste e suave no seu olhar doentio... estremecimentos constantes movem-lhe o corpo ciliciado... Tem a lividez mórbida de quem é tentada por sonhos irrealizáveis... Olhando só para ela, vê-se logo que passa noites em claro...

Seu olhar merencório obrigaria a rezar, qualquer que o enfrentasse... É doce como uma bênção, incompreensível como um suspiro... Assim deveria ser o olhar de Maria Madalena aos pés da cruz...

Em torno, um completo silêncio... O mocho, pousado à cabeceira do leito, continua a fitar insistentemente a face macerada da santa.

Esta, depois do alguns momentos de abstração, se ergue para apertar mais o cilício...

As feridas choram sangue... E, em meio de tanto desconforto, a figura de Santa Tereza se levanta majestosa, reta, iluminada e sublime, como a de uma enviada do céu, glorificada pela dor, divinizada pelo martírio...)

CAPÍTULO 3

# O RAJÁ

O sol a pino doura os telhados das casas e incendeia as árvores, despenha-se uma catadupa de labaredas sobre a terra abrasada... Não se ouve o canto dum passarinho, nem o ruído duma asa...

A aragem, abafada, talvez, fugiu para bem longe...

Inexplicável torpor invade tudo e tudo domina...

Chovem pedrarias incandescentes na amplidão deslumbradora, como lanças inflamadas na cabeça duma rainha. E esta riqueza triunfante e magnífica penetra esplendorosamente na cela de Santa Tereza, clareando-a toda... O mocho foge, insensivelmente.

Uma alegria súbita povoa o modesto aposento, que se transforma num palácio oriental cheio de cristais acesos.

Os olhos da santa abrem-se, extasiados... Suas faces tingem-se duma cor quase rósea e sadia...

Abre ainda mais os olhos vendo dirigir-se para ela um rajá possante, de constelações no olhar e alvoradas coruscando nas vestes... Os cabelos dele ardem e são cheios de estrelas, as suas mãos são brandas e trescalam a jasmins...

Sustém o cetro nos dedos e um céu no olhar...

Quando caminha, deixa atrás de si um rasto de coriscos... Quando fala, se ouve um hino triunfante que fanfarras estrídulas entoam. Conta aventuras estranhas. Veio de longe, dum país azul, onde as águas são mais cristalinas e as mulheres mais voluptuosas...

Foi numa tarde de verão que, abandonando as favoritas cheirosas, partiu num batel feito de sândalo para estas plagas... As velas de seda da luxuosa embarcação impeliam-na vertiginosamente sobre as águas plácidas...

Já ia bem distante de seu país natal e ainda ouvia os soluços intensos das amantes, que choravam desgrenhadas, desconfiando de sua ausência. E o batel singrou, cantando por mares de esmeraldas e lagos de safiras... As sereias fugiam, assombradas, e acompanhavam a esteira argente da maravilhosa embarcação, humildes como escravas, suplicantes como mendigas...

À noite, abriam alas para poder passear livremente pelo céu a nebulosa do seu olhar suntuoso...

As brisas iam contar às ondas a história fantástica desse amara que ouvira dez mil mulheres e mandara decepar cem mil cabeças.

E as ondas calavam medrosas, e a brisa tiritava em torno da sua fronte altiva...

Viajou durante duzentos dias e duzentas noites, tão longe é a terra em que nasceu e se fez rajá...

E uma saudade profunda talhou os lugares que o viram passar uma vez, para nunca mais o verem...

E um desespero infernal envenenou as almas das que o amaram com ardor e foram ligeiramente amadas por ele... Todas morreram esvaídas e exangues pouco depois de sua partida...

E talvez ainda as ondas perguntem às estrelas, se foi morar com elas o rajá assombroso que tinha constelações no olhar e alvoradas irradiando no manto; que sustentava um cetro na mão e esmagara corações com os pés flamejantes...

E as estrelas não responderão, porque ninguém sabe para onde foi o rajá...

Podem pensar, porém, que foi visitar o sol, que não é rico e poderoso como ele. A face de Santa Tereza resplandece com muito mais intensidade.

Está deslumbrada, à semelhança dum verme que de repente se visse transformado em uma estrela...

Ri, avança, abrindo os braços ao imaginado rajá, que veio de longes terras para visitá-la e gozá-la...

Ajoelha-se, querendo beijar-lhe os pés cravejados de pedrarias estranhas, cintilantes como olhos de anjos...

Torce-se, corre, e delirante dá beijos, fala, geme, uiva, gorjeia, insaciada e frenética, segura e feroz.

Sua carne arrepia-se toda, embriagada, quente, palpitante...

De tão duros, os seios parecem que vão rebentar em uma explosão luxuriosa... arranha os braços, morde-se, fecha os olhos, abre-os de novo, tomada de um furor irreprimível. Atira-se ao leito pesadamente a modo de uma pedra enorme que viesse do alto...

Revolve-se, revolve-se muito... depois abranda um pouco esta volúpia, cerra os olhos e sonha:

Terra do Oriente... Céu limpidamente azul onde rutila um sol fascinante...

Longe, levantando-se entre morros, um palácio vasto, majestoso, claro... Em torno dele árvores colossais, anfiteatros espaçosos, galerias que se unem além. O silêncio é perturbado pelo rugir das feras enjauladas e pelo cantar cadenciado das escravas...

No jardim esplendoroso, que lhe fica em frente, reacendem flores esquisitas e passeiam pavões.

Guardas ricamente vestidos em todas as partes...

Num salão cheio de diamantes resplandecentes, onde se pisa em tapetes finíssimos e cujo teto de arabescos áureos foi feito por arquitetos vindos de regiões remotas, está em altíssimo trono, um rajá formoso como o sol.

As púrpuras que ensanguentam as paredes desmaiam ante seus lábios, e os mármores dos portais são menos alvos que seus dentes...

Os cabelos aveludados lembram raríssimo barrete de gorgorão que uma sultana mandaria sem pesar algum de presente ao mais vaidoso sultão...

Mulheres abanam leques multicores em torno dele, orgulhosas de serem escravas de um senhor tão invejável...

A mirra que arde nas caçoulas caprichosamente cinzeladas deve ser menos cheirosa e entontecedora do que a sua carne robusta.

De repente, luminoso e viril, levanta-se e dirige-se a uma alcova atraente como um paraíso.

Lá o espera uma virgem pálida e tentadora, uma mulher que nunca foi amada e vai sê-lo agora pela primeira vez.

Guardas, de alfanje ao ombro, zelam a entrada.

As escravas já queimaram propositalmente aromas provocadores, para excitar a luxúria...

Uma atmosfera morna, cheirando a seios, faz com que os olhos de ambos caiam languidamente...

Escondido sob cortinas de fazendas caríssimas, espera-os um leito carinhoso e macio, que os recebe sorrindo...

***

Quantos estremecimentos, quantas vertigens não oculta o véu delicado das cortinas ondulantes!

Parecem até animados ao contato febril de dois corpos que se apertam, de duas bocas que se beijam.

De fora, ouvem-se as pulsações, os frêmitos, os grunhidos exalados da alcova onde eles estão... E Santa Tereza, no entusiasmo do sonho, retorce-se em convulsões alucinadas.

Beija furiosamente o amante imaginário, que lhe suga os lábios desabrochados e frescos... A sua fisionomia nem sempre tem a mesma expressão.

Ora é radiante e outras vezes agitada e inconsciente, segundo o arrebatamento do delírio, que é como um rio vindo de muito longe, aqui plácido, correndo entre bambus e árvores frondosas, mais adiante carregado e crespo, convulsionando-se sobre as rochas e despencando-se do alto com um fragor horrível. O sonho continua...

***

Ambos levantam-se do leito, vão ao jardim e depois se dirigem ao lugar onde estão as feras. Leões raivosos aparecem na grade das jaulas, escancarando os olhos, eriçando a juba ameaçadores... Elefantes horríveis passeiam distraidamente de um para outro lado; serpentes furta-cores, que se enroscam preguiçosas elevam a cabeça achatada para olharem o rajá com a amante...

Hienas, tigres, hipopótamos, todas as feras, enfim, avançam, berrando sinistramente.

De súbito, surge o domador; abre uma das jaulas e dela foge uma fera hedionda. Arremete-se contra o rajá e arranca-lhe a cabeça, que evola cintilante de pedrarias e de sangue.

Santa Tereza dá um grito e desmaia.

***

Fora o sol doura os telhados das casas e incendeia as árvores firmes e eretas como esqueletos vestidos de chamas.

CAPÍTULO 4

# O VELHO CASTANHEIRO

(Santa Tereza está dolorosamente triste. As penitências contínuas maltrataram-na tanto que nem mesmo pode ficar em pé por muito tempo...

Os olhos estão fundos de chorar...

Parece uma viúva que perdesse o marido na segunda noite do casamento...

Deve inspirar compaixão até às próprias rochas...

Um crepe misterioso envolve-a da cabeça aos pés, como uma túnica sombria... De quando em vez abre a boca para falar e não ouve o que diz... Pensa em morrer...

Vê um caixão branco, cheio de rosas e dentro, de mãos cruzadas, uma freira...

Em torno, as companheiras de convento, rezando... À cabeceira do esquife a imagem de Cristo com os braços abertos para chamá-la, talvez. Depois a levam a uma sepultura muito fresca e pequena, onde fica dormindo eternamente. Empalidece e chora...)

Não sei porque não morri logo ao nascer... Sofreria muito menos... Todos os dias choro, velo todas as noites... Não tenho um só momento de descanso em minha vida...

De ontem para cá sofri como ninguém sofreu... Por isto todos notam uma grande diferença na minha fisionomia... Envelheci, nestas poucas horas, vinte anos. As alucinações diabólicas que tive, as penitências reparadoras, esse mocho que sempre me acompanha, como um espião covarde, tudo isto me reduziu o corpo a um farrapo, a alma a um pântano... Antes morresse agora mesmo... Como estou linda naquele caixão branco, tão perfumado como um berço, tão aquecido como um ninho!...

As mãos finas e frias postas em cruz sobre o peito.

O rosto empalidecido, vestida de roupagens alvíssimas, pareço uma Deusa envolta em espumas. Vou a um fúnebre noivado, de palma e capela, tranquilidade nos olhos, sorriso na boca. As velas que ardem em torno ao meu esquife e bruxuleiam parecem-se com as minhas ilusões, que também se consumiram devido ao fogo que as alentava...

Cristo erguido na cruz, com seu resplendor de prata, abençoa-me e há de guiar-me até o céu, que se ilumina para me receber.

Como as outras irmãs rezam!

Que sinceridade na sua oração! Estão pedindo pelo descanso eterno de minha alma a Deus, Todo Poderoso, a quem tanto amei e que não me negará as delícias do Paraíso.

Meus conhecidos terão saudade de mim, e meu irmão há de chorar todas as vezes que se lembrar da irmã, ausente para sempre.

Os homens falarão no meu nome com respeito e esta cela será venerada, porque nela morei e martirizei-me enquanto vivi...

Assim que o sino tocar, serei carregada, entre lágrimas, e depositada numa sepultura muito nova, onde ficarei dormindo, toda de branco, linda como uma noiva! Depois, encher-me-ão a lousa de flores, e permanecerei sozinha, feliz, cheirosa, casta, dentro do leito que me aguarda.

Mais tarde, quando alguém visitar estes lugares, terá certa veneração por mim, pela minha amargura infinita... Estes sítios serão interrogados como o é hoje aquele velho castanheiro, sob o qual tantos namorados se beijaram...

Na sua majestade, ele conta-nos histórias bem emocionantes, romances bem pungentes... Hoje está um pouco enfraquecido... mas também já tem vivido tanto!

Não cantam ninhos entre seus ramos e, embora reverdeça em todas as primaveras, é sempre austero, mergulhado numa concentração melancólica.

Ninguém sabe a época em que brotou à superfície da terra... As pessoas mais velhas da cidade, quando se entenderam, já o acharam nesse mesmo estado.

Viu nascer todas essas outras árvores, e morrerem muitas, assistiu à edificação deste convento e ao enterro de todas as freiras que já se foram...

É o patriarca do lugar. Impõe-nos um profundo respeito com essa austeridade solene que tem...

É como se víssemos a casa onde nossos pais nasceram e expiraram nossos avós.

A viração acata-o reverente e, assim que parte alguém para o cemitério, ele chora, talvez de pesar, talvez de alegria. O sol doura tudo, menos a copa do envelhecido castanheiro, e a lua, quando se esbate em suas ramas, fica mais transparente, mais diáfana... Viu os amores de muitos jovens e depois assistiu aos dos filhos destes...

Talvez tivesse presenciado hoje a paixão dum galante casal, cujos netos hão de se amar também à sua hospitaleira sombra, muitos anos depois...

Nele se emplumaram e morreram milhares de aves, desabrocharam e feneceram milhões de flores...

Já testemunhou inúmeras vezes o raiar do sol e há de contemplar outras tantas vezes o surgir da lua...

Conserva-se inalterável, sempre com a mesma severidade, quer na primavera, quer no inverno... Nunca ri, nele jamais gorjeia uma andorinha. Parece feito de pedra, tão insensível é...

No entanto, dizem que antigamente era todo constelado de ninhos e de flores.

Embalsamava os arredores com seu aroma... De manhã cedo havia uma orquestra a cantar-lhe pelos galhos floridos e verdes. Isso, porém, se dava antigamente... Não se sabe ao certo a causa desta súbita mudança. Correm lendas sobre o estranho fenômeno:

Dois jovens esposos que se idolatravam, costumavam conversar todas as tardes embaixo de sua copa frondosa...

Uma vez um deles riscou no tronco os nomes dos dois, entrelaçados um no outro...

A árvore cresceu muito mais e fez rebentar flores sobre os traços gravados...

Os esposos, porém, com o perpassar do tempo, foram envelhecendo, até que um dia a velhinha morreu... O companheiro lhe abriu a cova sob o castanheiro, que sabia toda a história dos seus amores e tinha sido a testemunha única dos seus arrebatamentos...

No momento em que o cadáver da anciã foi-lhe depositado junto à raiz, ele ficou mudo, sem flores e sem ninhos, os ramos curvos para o solo tremendo.

Rapidamente os passarinhos o abandonaram e ele ficaria só se não fosse o velhinho, que nunca mais se afastou do lugar onde estava enterrada a eleita do seu coração...

Todas as tardes, às horas do costume, trôpego, amparado a um bordão, cabeça alva como um gorro de neve, mãos sem tato, apalpando plantas, lá vinha o desgraçadinho viúvo chorar sobre o jazigo da esposa querida, que o amara tanto.

Uma noite o anciãozinho não voltou a casa; foram procurá-lo e encontraram-no morto junto ao sítio em que estava sepultada a saudosa companheira.

Enterraram-no imediatamente naquele lugar e a lua assistiu-lhe à inumação e inundou-lhes as sepulturas de luzes... Desde então o castanheiro ficou assim pensativo chorando folhas sobre os túmulos dos seus antigos visitadores, que nunca mais verá...

Às vezes parece até que vai rezar e estende piedosamente os galhos como a pedir clemência pelas almas daqueles que dormem junto às suas raízes, sobre as quais tantas vezes se beijaram.

Nas noites de lua — dizem todos —, quando no sino batem doze badaladas, eles são vistos conversando distraidamente embaixo da árvore, que se acende e enche-se de ninhos... Eu nunca vi...

Lembro-me agora que uma vez cheguei a vê-los... porém, fechei logo os olhos, tão grande foi o meu medo... Por isso não gosto de espiar para fora, quando a lua esplende...

Desde esse tempo, a sepultura dos lendários esposos é o ponto preferido pelos namorados. No anoso tronco do castanheiro estão escritos centenas de nomes de que hoje restam simplesmente vestígios.

Muitos já foram totalmente apagados, e os que ainda se notam serão em breve substituídos por outros. Há pouco tempo foram vistos ali, abraçados e de frontes unidas, dois amantes chorando. Não se deixaram conhecer, nem voltaram mais ao poético retiro. Julga-se serem foragidos de outras regiões que, passando por aqui, desejaram conhecer o tão celebrado castanheiro, continuando depois a viagem interrompida.

O que não se pôde explicar é o motivo porque choravam. Parece até um absurdo misturarem-se prantos às carícias...

Ninguém soluça quando é amado e ama.

Venero religiosamente um mausoléu erguido pela natureza a dois esposos que se idolatraram durante a existência, e talvez continue no mesmo arroubo na morte. Sua vida tem muitos pontos de contato com a minha.

Ambos fomos ditosos: ele teve flores e ninhos: hauriu perfumes e escutou músicas, hoje tem saudades e gemidos... eu tive crenças e tive sonhos: em meus lábios cantaram risos e em meus olhos fulgiram esperanças, hoje tenho queixas nos lábios e lágrimas nos olhos...

Existe, porém, uma grande diferença entre nós dois: ele protegeu amores e por isso, é, foi e será amado; eu... eu sempre fui esta que hoje sou, indiferente a todos e a tudo, embora sequiosa e faminta; ele floriu, pelos seus ramos correu e ainda corre a seiva que o alenta; eu fui sempre intacta e estéril, sem ter jamais um dia de satisfação completa.

Quando o vejo, fico mais consolada; sua figura tristonha anima-me às lutas, como tenho feito até agora.

Nos dias como o de hoje, em que me sinto perseguida pelo mocho e tentada pelo pecado, depois de ter usado e queimado os seios, em reparação às minhas faltas, só me julgo perdoada ao deparar com o meu amigo, o mártir que tem sofrido tanto, resignado, calmo, impassível. Ele me diz, em sua linguagem muda, que devo lutar, sem esmorecer... Então me experimento com forças bastantes, para realizar a ideia que alento há tanto tempo, embora me sacrifique inteiramente e seja tardia esta ventura.

Hei de destruir todas as barreiras antepostas ao meu caminho, para, no futuro, ver feito realidade o meu sonho. E isto será a minha reabilitação aos olhos de Deus, a quem tenho ofendido muito.

De agora em diante, tu serás o meu guia, meu conforto, apóstolo consolador que me enches o desterro! Ensinar-me-ás a esquecer este mocho que há tanto tempo me cilicia com o olhar; a conter os ímpetos de minha carne hoje vitoriosa, amanhã vencida e algemada. Contigo aprenderei e terás em mim um adorador, porque me parece que em teu ar solene e misterioso anda a alma de minha mãe procurando desimpedir a tortuosa estrada, que tenho em frente a mim.

(Ouvem-se os sons dos sinos chamando as freiras para rosarem as Vésperas... Santa Tereza, comovida e terna, sai da cela... deixando-a imersa em desolação completa...

O mocho, que estivera quase todo o dia à cabeceira do leito, desaparece talvez para acompanhar a Santa, numa perseguição perpétua...

A toada langorosa e plangente da oração atravessa agora por todas as partes do convento, produzindo o efeito duma orquestra a tocar músicas fúnebres dentro duma catacumba fechada, ou mochos e corvos grasnando sobre lousas, numa noite sombria...)

CAPÍTULO 5

# A LUA

Crepúsculo... Vaga um misticismo nebuloso pelo espaço, onde a brisa parece arrastar véus de noivas e crepes de viúva...

Nuvens caladas como freiras rezando, desusam gravemente, envoltas nuns tons enfraquecidos da luz...

Há o mesmo silêncio que se nota no quarto dum moribundo... Às vezes até parece que se ouvem soluços reprimidos pelo arvoredo e caem lágrimas sobre o mundo inerte...

Cantam aves desconhecidas em torno das casas petrificadas e gélidas, choram estranhos arroios sob o solo...

Uma andorinha gorjeou ao longe... e este gorjeio rompe tranquilamente o ar e enche-nos todos de um certo temor.

É como súbita alfinetada que pungisse inesperadamente um homem adormecido...

Assim deve ser o choro duma criança sem pão.

Qualquer som repercute logo em todas as direções e estes gemidos sucessivos fazem pensar que se está num hospital cheio de tísicos e variolosos. Lamentações de filhos vendo os pais agonizantes, queixas de irmãos se despedindo de irmãs, estrangulamento de aves dentro dos ninhos, tudo isto é sugerido pela agonia solene da luz.

Na amplidão, esfuzia agora um vento frio, dando a ideia duma oração a suspirar nos ermos corredores dum convento enorme...

O vento abranda-se em uma leve aragem que rescende a benjoim, como se tivesse passado por grandes lagos, de águas cheirosas...

Murmura nas folhas, cicia, chora, ri, entra mansamente pela cela de Santa Tereza, a modular uma canção muito sentida.

À sua passagem, o religioso aposento toma um aspecto vaporoso. Parece encher-se de rolas brancas e borboletas roxas...

Pelo teto desabrocham violetas e goivos... Santa Tereza está ajoelhada, rezando... Lembra um anjo de mármore que se animasse... uma santa abandonada na terra... Nunca um olhar foi tão doce e uma face tão bela... Límpida, resplandecência de ouro circunda-a toda, à semelhança duma clâmide transparente e fúlgida...

Por vê-la rezar, dir-se-ia que o olhar de Cristo se enternece como os das mães, quando amamentam os filhinhos...

Santa Tereza, depois de levar muito tempo abstrata se ergue e medita...

Insensivelmente abre os lábios sem cor e exclama, com voz pausada:

Não me move, meu Deus, para querer-te
O céu que me tens sempre prometido,
Nem me move esse inferno tão temido
Para deixar por isso de ofender-te.

Tu me moves, meu Deus: move-me ver-te
Pregado nessa cruz e escarnecido,
Move-me ver teu corpo tão ferido,
Move-me a angústia que te fez inerte.

Move-me teu amor de tal maneira
Que eu te amara, se o céu não fulgurasse,
E não havendo interno, te temera.

Deste amor a minha alma nada espera
Porque, se quanto sonho não sonhasse,
O mesmo que te quero te quisera.

O original deste soneto é o seguinte:

**A CRISTO CRUCIFICADO**

No me mueve, mi Dios, para quererte
El cielo que mi tiennes promettido.
Ni mueve el inferno tan temido
Para dijar por eso de offenderte.

Tu mi mueve mi Dios; mueve-me el verte
Clavado nessa cruz y escarnecido
Mueve-me el ver tu cuerpo tan herido,
Mueve-me las angustias di tu muerte.

Mueve-me enfim tu amor de tal maneira
Que, aunque no hubiera cielo, yo te amara,
Y aunque no hubiera inferno te temera.

No mi tiennes que dar porque te quiera.
Porque, si quanto espero no esperara.
Lo mimo que ti quiero te quisiera.

**SANTA TEREZA DE JESUS**

(Continua arrebatada, a fitar a imagem de Cristo...

Os últimos vestígios da luz esmaecem... esmaecem... e apagam-se.

Legiões de trevas invadem vagarosamente a cela, que se veste de luto como uma órfã...

No céu aparecem as primeiras estrelas... Vênus cintila vivamente entre as outras todas, destacando-se, como uma irmã mais velha... Santa Tereza acende a pequena lâmpada que começa a derramar uma luz mortiça pelos móveis à semelhança dos olhares dum mártir... As trevas fogem atropeladas e opera-se uma verdadeira ressurreição na humilde cela...

Toda a luz parece convergir sob os rostos de Cristo e de Santa Tereza. As chagas do crucificado animam-se lembrando escrínios espiritualizados... A carne da santa combure a modo de um alabastro dentro do qual ardessem répteis de fogo...

Bruxuleia um crepúsculo de outono nos olhos pensativos e quebrados... e talvez seja esta a origem da encantadora poesia que lhe povoa o aposento. Continua a falar a meia voz, ora rezando, ora sorrindo, dando a ideia de uma flor murcha que reverdecesse. Pouco a pouco, uma esteira do luar entra pelas frestas do teto envolvendo o convento inteiro em uma túnica branca... A lua aponta no céu, rodeada de nuvens e de estrelas.

Santa Tereza eleva a cabeça para ver o desabrochar da lua...)

Lá vem a lua! E como vem bonita!

Que lindo o nimbo que a circunda! Parece uma rainha prestes a ser coroada! As nuvens acompanham-na em numeroso séquito, como se fossem escravos... O espaço é o trono onde ela se assenta rodeada de estrelas qual Nossa Senhora de anjos, e meus olhos de lágrimas...

Supre-me a falta daquela pomba que irradiava com igual luz e igual encanto!

Não sei o que sinto quando a vejo assim vir assomando majestosamente naquela escadaria azul e vestindo de prata tudo que lhe fica embaixo. Envolve as flores em rendas incandescentes e alvas, caia os rochedos pretos e informes, cristalina o dorso dos rios, ilumina as flores tão impenetráveis, dando-lhes a suntuosidade de templo, enche de afagos os ninhos ocultos entre os ramos das árvores, clareia as casas sem lume, é um farol para os navegantes e serve de guia aos mendigos que tremem pelas veredas traidoras desviando-os dos abismos, defendendo-os dos espinhos e das urzes.

Quando a vejo, dobro os joelhos, impelida por uma força superior e tenho mesmo vontade de rezar.

Voto lhe uma grande veneração porque ela me lembra uma hóstia levantada em um altar... e o vento nessas horas é como um coro a entoar salmos de agradecimento, e as árvores são fiéis que levantam os braços implorando compaixão, e o olor dos jardins é o incenso derramado por milhões de turíbulos...

A natureza concentra-se, mal vem surgindo, entre alas de nuvens e estrelas, radiosa e calma, a soberana de rosto alabastrino e olhares pálidos...

E a eterna confidente dos que sofrem e dos que amam...

Seu fulgor enxuga lágrimas e cicatriza feridas...

Talvez viesse de muito longe a mandado de Deus para consolar os aflitos e alentar os desesperados...

Quantas e quantas paisagens comovedoras, que de cenas tristes e felizes não tem presenciado, fulgurosa, cintilando na altura!

...Despedidas de filhos, partindo em busca de riquezas, e desesperos de mães chorosas e aterradas que temem não mais tornar a vê-los.

Freiras, como eu, a soluçar enjauladas no silêncio impassível dos conventos... ou a lacerar as carnes virgens em disciplinas terribilíssimas...

Marinheiros em pleno oceano, cantando canções de sua terra, com a guitarra gemedora entre os dedos, e a saudade na alma...

Pastores e camponeses a bailar como crianças travessas por verem como está prospera a seara o como os campos estão floridos... Viajantes, entre cordilheiras e barrancos, guiando-se por ela para se livrarem de imprevistos assaltos...

Peregrinos saudosos, pensando nos filhos que talvez não se lembrem deles...

Guerreiros que de espada à cinta, armadura ao peito, seguem pensando no ataque em um vale cheio de poeira, que depois se encherá de cadáveres...

Prisioneiros a chorar, pedindo que a noite seja muito longa para terem mais vida, porque ao crepúsculo matutino o sangue deles se confundirá com o da madrugada que lhes iluminará as cabeças decepadas...

Doidos que, furiosos, gritam e blasfemam, ameaçando o céu com o olhar, ameaçando os ventos com a voz, ameaçando o mundo com as mãos...

Poetas devaneando placidamente, ora sorrindo, ora cantando, ramos de flores nas mãos, coroas virentes na fronte, desfolhando rosas por veredas, infinitas e azuis...

Rolas em carreias mútuas, dentro dos ninhos... Noivos, aos beijos, braços de um enlaçados em torno do pescoço de outro, peitos unidos como querendo que os corações se confundam... Libertinos, mordendo carnes, embriagadoras e mornas, sugando os lábios murchos, trincando nos dentes, seios fanados, comprimindo lubricamente ao peito faces de mulheres perdidas, que lhes lançam os braços como cobras magnetizadoras e lhes entregam o corpo como atraentes taças repletas de licores envenenados. A estas horas a soberana dos espaços deve estar testemunhando todos esses quadros em diferentes pontos do globo... Sim, está, mais venturosa que eu, presenciando beijos escandalosos de rameiras e ósculos apaixonados de noivos, ouvindo frases loucas de libertinos e músicas angélicas de namorados, gargalhadas de luxúria e aveludados gorjeios de amor...

Está vendo isso tudo e há de sonhar coisas mais belas ainda. Talvez sonhe numa formosíssima nuvem cor de lilás dois jovens amantes; duas bocas soletrando o mais formoso canto do formosíssimo poema do amor. Um cortinado de estrelas esconde-os de tudo que lhes fica perto... Em torno, um silêncio sepulcral.

Nem a viração ousa profanar a felicidade que palpita dentro da nuvem lilás...

Adivinha-se, porém, que há algum celeste mistério dourando o alado ninho escondido sob arcadas de astros... Apertos, beijos, blandícias, carinhos, alucinações, êxtases, delírios enfim... Dizem-no a palpitação desordenada e estranha que se nota por fora, o calor em que arde o cetim do invólucro... Corre um entusiasmo arrebatado por todas as partes... E a nuvem vai-se transformando... Enche-se e fica, pouco a pouco, mais clara, mais transparente, mais leve... A princípio, a música que sai de dentro, o perfume e o aveludado dela faz parecer que se metamorfoseia em um ninho... Como que arrulham pombos em seu interior... A alteração continua cada vez mais acentuada e agora a nuvenzinha se transfigura num chalé azul celeste, oculto entre árvores farfalhantes e rodeada de jardins onde passeiam dois anjos.

Depois se ilumina completamente e muda-se num grande altar cheio de luzes, flores e incenso, em que se erguem, rodeados de serafins que tangem liras, os noivos como dois anjos em uma apoteose deslumbradora e franca, aclamada no firmamento em festa.

Corre uma inexprimível alegria por tudo e um frenesi delirante invade o céu, enquanto ao altar se eleva sempre radiosa e esplêndida, levando o abençoado par com um cortejo de estrelas, que abandonaram a sua rainha para acompanharem em procissão a gloriosa nuvem que se alcandora e desaparece além numa irradiação de alvorada, depois deste passado triunfante pela galeria iluminada e branca da Via Láctea...

Como te invejo, lua cismadora e pálida, que surges calcando nuvens, tão carinhosa e boa como Nossa Senhora, a rir, enfeitada em meu pequenino oratório...

(Hesita, meditando... Depois toma um ar arrogante, carrega as sobrancelhas, franze um pouco a testa...)

...Mas de que serve seres rainha se não podes obter tudo que desejas? Ah! Foi para não poderes compartilhar os gozos alheios, os prazeres do mundo, que Deus te colocou tão alto... Porém, qual a vantagem que há nisso?!

Presenciar cenas amorosas, assistir a delícias de outrem, ouvir beijos cantando em lábios de coral como cotovias sobre papoulas, ver vulcões e incêndios explodirem impetuosamente em olhares estranhos, arrebóis esbraseando céus de primavera, e saber que não poderá ser amada, que não amará nunca...

É o mesmo que se nascesse velho e alquebrado para assistir ao gozo dos outros sem poder usar deste privilégio a que tinha direito, mas que a fatalidade lhe negou...

Deves sofrer tanto quanto uma criança muda que vê os outros falarem e não pode falar, cantarem e não pode cantar... Ou como um pássaro engaiolado que vê além, fora da prisão, campinas verdes, árvores novas, entreabrir de bicos junto de ninhos cheios, bater de asas ao redor de flores abertas...

Desgraçada! És uma rainha tornada freira, uma princesa transformada em mendiga! Tua luz conta-nos a história do desespero que tens na alma, a causa do teu pranto derramado sobre a terra que não te inveja apesar de não ser tão formosa como tu.

E outro não poderia ser o motivo da magna que te ensombra o rosto pendido, oh lânguida princesa sem trono, nem cortesãos! Vês tudo que pode açular-te os desejos famintos para te martirizares mais, melancólica sultana dum país desabitado e deserto...

Quando surges, desmaiada e trêmula no céu, tenho muita pena de ti, da tua cabeça alva exposta à neve, do teu olhar velado que morre docemente nas trevas, pobre Tântalo do azul!

Então penso que és uma velhinha, cabeça toda branca, subindo por um monte escarpado, segura a um bordão, em caminho de casa... Por isso hei de querer-te mais de hoje em diante...

Respeitar-te-ei como se fosses minha mãe...

Substituirás a pomba cor de leite tão minha amiga que, sem se despedir de mim, desapareceu para nunca mais voltar... Em ti e no velho castanheiro verei meus mestres e meus pais, que hão de me ensinar a fazer voltar a encantadora ave que fugiu e eu estimava tanto. Como em dois sublimes exemplos, me animarei a lutar pela ideia que desde muitos anos nutro... (Uma nuvem negra encobre por alguns instantes a face da lua que se turva).

Meu Deus, como está feia a minha amiga! Recorda uma louca descabelada e nua a correr sobre rochedos ásperos e escarpados... Como envelheceu em tão pouco tempo! Seu rosto é encarquilhado como o de uma nonagenária... Tem na luz o brilho funéreo dos fogos-fátuos que bailam alta noite nos cemitérios, enroscando-se aos braços hirtos das cruzes... Dir-se-á que vai morrer daqui a poucas horas... Como não tem sofrido a minha resignada irmã! E é preciso salvá-la! Não a quero triste! Não a quero triste! (A nuvem adelgaça-se e deixa a lua completamente descoberta... Nesse instante o sino toca, convidando as freiras à oração... Santa Tereza parte, olhando espantada para o mocho, que desaparece).

CAPÍTULO 6

## SÓROR MATILDE

(Terminada a oração da noite, Santa Tereza volta, radiante e satisfeita como uma criancinha... Canta-lhe no olhar bondoso uma primavera de conforto e bem estar... Sua face toma certa expressão nova e sadia... Ri sem querer, fala, caminha, inquieta, pura e feliz... Este contentamento comunica-se a tudo que a cerca... Sua presença alegra até as coisas insensíveis e anima o que é inerte...)

Não sei o que sinto quando rezo...

Minha alma transporta-se a regiões desconhecidas, qual uma águia a demandar uma plaga não descoberta ainda... E é tão agradável esse arroubo!... E esse êxtase é tão doce!... Como que sinto mãos de veludo acariciarem-me a face, olhares de arminhos ungirem-me toda...

Ouço lábios ocultos a ciciar-me frases suaves, como se fossem harpas eólias gemendo em mãos de santas...

Abre-se ante meus olhos deslumbrados uma paisagem belíssima: é um país dourado onde se engastam extensos jardins e borboleteiam sonhos... Conduz-me levemente por suas veredas fascinadoras uma fada de trança muito comprida e riso muito perfumado... Veste uma gaze diáfana que lhe cai até os pés respeitosamente envolvendo-a em neblinas... Na mão direita leva um ramo de oliveira, simples e carinhoso como seu olhar...

Pela mão esquerda conduz-me por entre as ruas lúcidas que contemplo enlevada... E a fada segue, enchendo tudo de galas, como se fosse uma celeste mensageira vinda de além para visitar os passarinhos e as borboletas...

Então gozo o arrebatamento que as noivas gozam ao serem beijadas pelos noivos, esse arrebatamento que Sóror Matilde sentia nos braços daquele a quem tanto amou e por quem foi tão amada... Sóror Matilde é a freira mais triste deste convento...

Um olhar não pode ser mais dorido que o dela, nem uma voz tão queixosa...

Quando reza pede talvez a Nosso Senhor pelo descanso eterno do moço de quem nunca se esqueceu e por quem nunca seria esquecida, se ela morresse e ele lhe sobrevivesse... Um amor infeliz obrigou-a a ser freira... É muito tocante a história da sua vida...

Ninguém pode ouvi-la sem chorar.

Eram duas crianças... Ele em toda parte, na terra, no mar ou no céu, cria vê-la rindo-se, a abrir-lhe os braços radiosa, aureolada de bênçãos... ela via-o em tudo, satisfeito, prometendo-lhe afagos, jogando-lhe beijos... Uma vez — a primavera acordava os ninhos e entreabria os cálices das flores — foram passear pelos vergéis, esquecidos do mundo, a pensar unicamente no afeto que os dominava...

Dirigiram-se à envelhecida árvore tão procurada pelos namorados, e cujas galhas servem de mausoléu aos dois celebrados amantes, que dormem agora junto de suas raízes vigorosas... Chegados aí, se enlearam amorosamente, e o velho castanheiro os acolheu à maneira dum avô, já sem filhos, que encontra, depois de longa ausência, o único neto, derradeiro rebento duma prole quase extinta.

Viu-se reproduzir de novo a mesma cena a que assistira tantas vezes, beijos que outros amantes trocaram também antes que eles fossem celebrar o mesmo ritual, a que ele assistiu e assistirá eternamente...

Depois o moço entrelaçou seu nome no nome de Matilde em arabescos delicados, sobre a casca rugosa do tronco, que tornou a sentir, nem pela primeira nem pela última vez, a dor deliciosa desse delicioso suplício...

O tempo correu e eles foram crescendo em anos e em esperanças, assim como duas plantas que se enchessem de flores para vê-las depois, encravadas de espinhos e murchas.

Cada vez ficavam mais apaixonados e ternos... De manhã cedo, aos primeiros rubores do sol, ele saía, voltando carregado de flores para atirar sobre a noiva que o esperava, toda de branco, à porta do jardim... Vinha talvez fatigado, mas um sorriso dela lhe recompensava todo o seu cansaço...

Depois subiam a passeio pelos caminhos orvalhados ainda, vendo as aves que começavam a levantar as cabecinhas de dentro dos ninhos suspensos e balouçantes...

Colhiam tantas rosas que, não lhes aguentando com o peso, as lançavam ao chão, sorrindo trêfegos. Em meio da inocência divina da natureza, seus beijos eram uma estranha linguagem só compreendida por eles... Tinham sonhos assim. Uma casinha na garganta dum outeiro... dentro de florido jardim cheio de repuxos e pombais, donde olhariam o mundo com desprezo, felizes, sumamente felizes... De lá ficariam muito mais distantes da terra e muito mais perto do céu... Poderiam conversar todas as noites com os anjos e o luar...

A cada beijo deles, desabrochariam rosais na terra, e despontariam constelações no azul...

Durante o inverno, as andorinhas migrariam para o telhado da casinha, onde a primavera seria eterna e o sol sempre o mesmo.

Quer de dia, quer de noite, as meigas aves cantariam... e cantariam até morrer, bebendo o orvalho das flores, sugando o mel das corolas abertas... Borboletas pousariam nos cabelos dela, julgando neles ver o sol quando esvoaça e resplandece pelas areias áridas, enchendo-as de cambiante e garrida vegetação. E como seria bom vê-la com a fronte circundada de asas e a boca circundada de riso, cantando pelas pradarias em flor!

Sairiam de mãos dadas, mal rompesse a aurora, para verem as estrelas desmaiarem à luz estonteante e forte dos seus olhos ardentes, a brisa emudecer por ouvir-lhes a fala e as flores se desabotoarem ante suas bocas apaixonadas e frescas.

E então que festa! As aves em bando cantariam a voltear-lhes pelos ombros e as abelhas voariam para os lábios dela julgando-os raríssima flor, mais preciosa que todas as outras e do mais delicioso mel. As folhas orvalhadas, como pequeninos engastes de pérolas, correriam a atapetar o caminho por que eles passassem. Quando o sol, transposto o umbral do Oriente, fosse avançando, se recolheriam à casinha discreta e silenciosa, construída na garganta do outeiro. À tarde iriam andar pelos canteiros ou visitar os pombais, entre as aclamações das pombas arrulhantes e castas que arrufariam as delicadas penas em uma alegria indizível saudando-os. Pelas noites cálidas e misteriosas, divagariam ao olhar brumoso da lua, olhos de um no rosto do outro, respirações confundidas...

Quando morressem seriam sepultados na casinha alvejante, e sobre seus corpos nasceriam jasmineiros e pipilariam ninhos. Os peregrinos visitariam a modesta habitação vazia, berço e túmulo dum amor puro; os poetas celebrariam essa história, fantasiando uma lenda romântica sobre a vida dos dois e exaltando a formosura dela. E, se assim acontecesse, quem sabe se eu não estaria a estas horas invocando-lhes os espíritos vendo o vulto de ambos passarem, abraçados, por veredas rumorosas, ele — cheio de ternura, dando beijos nela, que, desmaiando de gozo, cabeça pendida, boca entreaberta, o segue tendo rouxinóis na fala e pássaros de ouro nas tranças...

Coitada! Sonhou tanto... e hoje chora contemplando as minas do seu coração... mas, apesar disso tudo, invejo muito o destino de Sóror Matilde... Se hoje é desgraçada, já foi muito feliz... E depois, a lembrança dum passado risonho não é um bálsamo para as amarguras dum presente ingrato?

Basta falar-lhe para adivinhar-se que foi noiva: as pulsações do seu coração bem mostram que ela já amou... Tem ainda nos lábios o calor dos últimos beijos, na alma o crepúsculo da última esperança. Uns braços que nunca foram apertados, não poderiam ser tão mornos assim... o perfume de seus cabelos diz-nos que foram acariciados não há muito tempo...

Os ninhos, vazios embora, guardam sempre as penas da ave que os teceram; as flores, depois de murchas, conservam ainda restos do olor que possuíam outrora...

O corpo da minha desditosa companheira exala um fluido misterioso que nos convida a amar e nos enche de deleite...

Seus olhos às vezes tomam uma expressão de doçura... Vê, talvez, desenhadas ante si aquelas cenas de que sempre se lembrará.

O primeiro beijo dado à sombra do velho castanheiro, em uma tarde de estio; aquela manhã em que saíram para colher flores e as gargalhadas estridentes que deram quando escorregaram, perseguindo uma calhandra; as fantasias tecidas na imaginação à luz doente dum luar nostálgico, o projeto concebido de morarem numa casinha levantada na garganta dum outeiro; a festa realizada no dia dos seus anos e o presente que ele lhe dera — um originalíssimo camafeu onde se viam dois corações ardendo na mesma pira, devorados por uma grande chama; mil insignificâncias expressivas para ela, como sejam: os versos escritos na areia; seus nomes burilados no tronco da árvore que os abrigava; o ciúme que sentiu quando lhe encontrou no bolso um retrato que não era o dela e da maneira magoada porque ele disse-lhe: É o retrato de minha irmã, querida! É o retrato de minha irmã! — Outras vezes, porém, seus olhos ficam nublados e enchem-se de lágrimas. E quando se lembra do dia em que ele, a voz presa na garganta, lhe disse chorando:

— Vou partir! Mas comigo vai a tua imagem que me salvará dos perigos e defender-me-á como um escudo, das lanças inimigas! Parto, porque a isto sou obrigado! Se não morrer no campo da luta e possa voltar à pátria, em breve serás minha e eu te pertencerei; porém, se um dardo traidor ferir-me o peito e eu cair, banhado em sangue, no meio da batalha, nem o zunir das lanças, nem os gritos dos feridos, farão com que me esqueça de ti... Matilde, juro pelas cinzas dos meus honrados avós, se eu sentir a mão da morte cerrar-me os olhos distante dos teus carinhos, teu nome será a minha última palavra! Lembra-te sempre de mim, porque sempre me lembrarei de ti!"

E o guerreiro partiu, levando lágrimas nos olhos e a imagem da noiva no coração.

Era um dia de inverno, triste como o desespero que lhes ia na alma... o vento gemia pelo arvoredo, torcendo os galhos das árvores nuas e os passarinhos tiritavam, encolhidos e trêmulos...

O vulto do moço já tinha-se sumido além e ela continuava a acenar com o lenço, crendo vê-lo ainda, até que a trouxeram para casa, lacrimosa e digna de dó...

Todas as noites rezava pedindo a Nossa Senhora para dizer-lhe em que sítio ele se achava e se não tinha ainda se esquecido dela. Pedia à lua que lhe iluminasse os caminhos e ao vento que lhe fosse contar a sua dor... A horas certas, saía a percorrer os lugares que costumavam visitar... Chorava junto ao castanheiro e cobria de beijos os dois nomes nele esculpidos, tomando-o como testemunha do seu inviolável isolamento.

Suplicava às aves que contassem quando ele voltasse como a sua noiva tinha sido fiel ao amor jurado, como tinha sido inflexível e constante na cruel ausência... Os meses se passaram e nunca mais ninguém teve notícias do jovem guerreiro.

E uma dúvida aterradora invadiu o espírito da desolada noiva... Estaria morto ou teria se esquecido dela?

Passado algum tempo, chegou às portas da cidade um mensageiro que disse ter visto os inimigos trucidarem barbaramente o heroico rapaz, que, pouco antes de morrer, pediu que viesse alguém contar à noiva seu desgraçado fim e a firmeza do amor que lhe consagrara...

Depois, recebendo profundo golpe na fronte, abriu os lábios pronunciando um nome que ninguém pôde ouvir, virou os olhos e morreu...

Sóror Matilde ficou a princípio como doida... Chorou ininterruptamente durante trinta dias e trinta noites...

Num mês envelheceu quarenta anos.

Seus olhos afundaram-se e a sua pele encheu-se de rugas...

Parecia um cadáver que uma força oculta animasse... Foi então depois deste imenso martírio que resolveu ser freira e entrou para esse convento, onde tem sido vista chorando, ora a beijar flores murchas, ora a reler cartas perfumadas...

Julga-se que na extremidade do seu rosário existe um invólucro que em vez de cânticos e orações, contem um pequeno cacho de cabelos negros...

Há poucos dias teve um ataque ao ver o velho castanheiro, onde fruiu tão doces instantes e recebeu nos lábios o primeiro beijo...

Pobre Sóror Matilde!

É magra como uma tísica, muda como um cipreste... Às vezes parece que um sopro mais forte lhe quebrará os ossos, tão frágil está... Todo o mundo tem pena da sua desventura e, no entanto, ninguém tem pena de mim, que não sonhei nem senti jamais o que ela sonhou e sentiu.

Sóror Matilde, és muito mais ditosa que eu, porque amaste e foste amada...

Teus lábios já foram beijados e os meus nunca o foram... Quando te vejo, fico admirada a olhar-te, pensando nas sensações que experimentaste durante a vida de teu noivo, sensações essas que são inapagáveis como tua saudade, fortes como o meu suplício... És uma palmeira cheia de ninhos vazios: eu sou unicamente uma planta seca, estéril e triste, por não ter visto jamais gorjeios de pássaros pelos galhos despidos...

Sóror Matilde, és mais venturosa que eu!

Morrerás depois de teres conhecido os segredos mais santos da existência, enquanto eu hei de morrer inocente e enfastiada, detestando este mundo que me faz assim desditosa...

(Suspira profundamente e se torna como um lavrador a quem se amputassem os braços.

O clarão da lua penetra a cela prateando-a toda, menos em torno do mocho que, pousado sempre na cabeceira do leito, fita imperturbavelmente Santa Tereza.

Esta, para distrair-se e esquecer a sinistra ave, dirige-se à rótula e olha para fora... O luar esbate-se em cheio pelas árvores marulhantes, que se cobrem de roupagens argênteas, e desdobra-se em alvíssimo sedal sobre o solo úmido...

A Santa contempla, maravilhada, esta paisagem de alabastro, esse rendilhamento de luz que aformoseia o espaço imponentemente tranquilo.

Sente-se arroubada como se estivesse dentro dum palácio fabuloso, cheio de grutas encantadas e minaretes faiscantes onde cantassem sereias e dançassem fadas...

Lamenta não ter asas, em vez de braços, para cindir vitoriosamente a amplidão jáspea, qual uma galera alada rogando altiva por um oceano plácido. Sairia da cela e voaria livremente no azul até chegar à lua, que a receberia como anciã e onde ficaria morando, para poder ver as estrelas de perto...

De lá assistiria a todas as auroras, e haveria de fazer com que os astros dourassem com mais intensidade ainda o velho castanheiro...

Olha para a árvore lendária e recua, assustada...

Vira, inundados de luar, passeando por entre suas ramas, o casal de velhinhos que ali dormiam...

Ambos iam vestidos de branco, juntas as mãos trêmulas, beijando-se meigamente ao resplendor franco da lua, que não era tão alva como as cabeças deles.

Receosa, ajoelha-se pedindo ao céu pelas almas dos amorosos anciãos.)

CAPÍTULO 7

# O DESAPARECIMENTO DO MOCHO

Noite alta...

(Santa Tereza, a quem uma enorme agitação de espírito não tem permitido o repouso, contempla, desvairada, o mocho, que a fita da cabeceira do leito.

Orlam-lhe os olhos tristonhos duas profundas olheiras, tornando-os por isso mais encantadores e expressivos...

Está tão pálida que parece amortalhada.

Só falta um caixão funéreo para se confundir com um cadáver...

Suas mãos, de tão frias, lembram delicados blocos de gelo a pender dos braços duma estátua. A luz da lua parece querer asfixiar a lâmpada que bruxuleia e oscila como o olhar martirizado da Santa.

Depois de alguns minutos de incerteza, dirige-se ao oratório e reza... Mas o mocho fita-a com insistência tal que a obriga a parar no meio da oração começada...

Levanta-se, visivelmente contrariada, e pronuncia palavras sem nexo, olhos imobilizados, mãos pendidas ao longo do corpo e cismando).

Como poderei fugir desse asqueroso espião que até já me proíbe de rezar?

Desde a manhã, persegue-me com os olhos que recordam as correntes arrastadas pelos criminosos no fundo das masmorras...

Às vezes, concede-me alguma distração; em outras ocasiões, porém, tem para mim uma impiedade sem nome...

Julgo um castigo essa insistência sua e a falta daquela pomba branca que talvez nunca mais eu possa ver...

A consoladora de minha alma foi expulsa por este algoz que me estigmatiza e esbofeteia-me com o olhar.

Pode ser que seja um domador, mas creio ser um carrasco...

Para livrar-me dele, tenho cogitado mil planos e todos até agora tem falhado...

Não sei mesmo o que devo fazer para aniquilar esse inimigo invulnerável que me ataca e me rouba o sossego a modo de um salteador.

Minha alma era alegre como as manhãs de abril...

Nela irradiava uma primavera eterna, exuberante e viva.

Tinha lagos imensos onde balouçavam bergantins tripulados por marinheiros inocentes e loiros... montes onde alvejavam ermidas brancas e pequeninas choupanas cobertas de hera...

Suas noites sempre tinham lua, e o seu firmamento nunca esteve anuviado...

Esta beleza só durou enquanto a pomba alvíssima viveu ao meu lado...

No dia em que a minha salvadora desapareceu para dar ocasião à vinda desse mocho, minha alma ficou taciturna como uma noite de inverno... Os lagos turvaram-se, espedaçando bergantins e matando os marinheiros, as ermidas e cabanas desabaram, o luar fugiu, o céu anuviou-se.

Na noite passada, a pomba me apareceu afugentando o pássaro negro, e fazendo ressuscitar minha alma...

Infelizmente, a sua demora foi pouca, porque eu apeguei-me ao sono, e ela, aproveitando-se do meu estado, fugiu.

Em vão chamei pela amiga, outrora inseparável, e gritei contra esse meu inimigo, inseparável hoje.

Rezei, pedi a Deus que realizasse os meus desejos, e não obtive nada do que almejava...

Fui tentada pelas ânsias pecaminosas, tão comuns nas freiras, martirizei-me em repetidas penitências para me reabilitar, porém notei que as disciplinas, a que me submeti, não eram tão dolorosas como o olhar deste satânico hóspede de minha cela.

Meu ódio por ele cresce à proporção que aumenta a amizade pela saudosa confortadora que temo não mais tornar a ver.

Este receio é maior ainda quando me lembro de suas últimas palavras: "Eu sou a companheira dos puros e dos que se arrependeram. És venturosa porque me tens ao teu lado... e ai daqueles que não me conhecem e não se deliciaram jamais com a pureza dos meus encantos!"

Que será de mim se ela não voltar mais e este mocho continuar a permanecer junto do meu leito?

Só a abstração de tudo por uma ideia fixa, cuja realização desejo intensamente, poderá me livrar desta ociosidade, porta aberta ao pecado, causa da minha desgraça...

De amanhã em diante começarei, por todos os meios, a pôr em prática o desejo que tenho de fundar a Ordem das Carmelitas. O desinteresse com que hei de lutar me remirá as faltas, fazendo minha alma voltar à sua antiga placidez.

(O rosto da Santa ilumina-se, e enche-se de resolução e coragem, à semelhança duma nuvem que fosse atravessada subitamente pelos raios do sol.

Palpita-lhe no olhar uma luz desconhecida, mostrando a ressurreição de sua alma padecedora, que se definhava sob o peso do mais atroz sofrimento...

Ri alegremente, mas não com aquele reprimido sorriso de há pouco, porém com um riso jovial e franco daqueles que estão contentes consigo mesmo.

Lembra um peregrino voltando à terra natal, depois de prolongada ausência...

Por acaso olha para a cabeceira do leito e vê que o mocho tinha desaparecido...

A santa une as mãos num voto de agradecimento ao Senhor, se assemelhando, nesta atitude, a uma visão etérea descida nos raios da lua).

CAPÍTULO 8

# O SACRILÉGIO

(Santa Tereza, revivificada pelo desaparecimento do seu iníquo perseguidor, contempla, embevecida, a ascensão da lua no azul, crendo ver nela um anjo de trajes cândidos, sorrir-lhe do céu estrelado e límpido.

A graça com que abre as asas resplandecentes, o ouro ondulante da sua cabeleira, tudo isto enleva o espírito da santa, que, abandonando a matéria, ala-se às regiões dos sonhos...

Demora-se nesta contemplação horas esquecidas...

A lua avança, majestosa, entre grupos de estrelas, pela amplidão calada, e, à proporção que avança, esparge um polvilhamento de prata sobre o mundo...

Santa Tereza, tomada duma exaltação repentina, estende os braços para o céu palpitante e radioso).

Não sei que mistério há na alvura da lua...

Parece que está sempre a derramar lágrimas vaporosas e brancas sobre nós, lamentando talvez a desventura humana.

Enche-me às vezes de uma certa concentração de espírito; em outras ocasiões, porém, arrebata-me levemente a um desconhecido mundo, e então é como um serafim descido de além para me consolar em meio do exílio contínuo em que vivo.

Abençôo-te, reconhecida e grata, oh querida companheira do meu desterro; ajoelho-me ante a chama piedosa com que me banhas a fronte, à maneira dum inocente culpado aos pés do que lhe perdoou o falso crime.

Agora sinto raiar um sol reanimador dentro de mim, e vejo luzir além a estrela que há de me guiar pelos escabrosos caminhos da vida.

(Olha a lua e sente-se perturbada ao sorriso dum anjo que paira no alto, fitando-a languidamente).

Ah! Por fim vejo chegar-se a mim um noivo louro como o arrebol e meigo como as rolas! Finalmente alcanço o que mais queria; um sorriso puro e amante, um coração terno, que viva somente pelo meu amor.

Desce, desce mais, encantado príncipe dos espaços etéreos; desce, abandona esse trono cravejado de estrelas, e vem cair nos meus braços, trono erguido por mim à tua candura incomparável e única!

Desce, mais ainda, que te espera aqui uma virgem medrosa, nunca profanada pelo amor de outro...

Não vês como sinto-me feliz só por ver-te?

Imagina agora qual seria o meu delírio, se te beijasse e fosse beijada por ti, se, ambos estreitamente unidos, pudéssemos gozar o nosso sonho...

Tu deves ser puro, suave e carinhoso; tua alma é um jardim cheio de rosas frescas como teu sorriso e como teu olhar...

Com certeza, nunca sentiste bater o coração por um desejo lascivo, jamais amaste outra mulher, que não eu...

Vieste do teu berço natal somente pelo meu amor desvairado, pela minha paixão escaldante e louca...

Ensaiaste afagos e ternuras, pensaste em mil insignificâncias, colheste as quimeras mais belas, as ilusões mais lindas para depositá-las em torno a mim, como um resplendor em torno de uma santa...

Desce, ambicionado noivo, espalma um pouco mais as asas e vem cair no meu colo perfumado e quente, em um espasmo de amor...

Guardei-te todos os tesouros do meu coração, as mais preciosas gemas de minha alma...

Por ti farei loucuras de toda a espécie, irei ao fundo do mar arrancar pérolas e corais para cingir-te a cabeça triunfante e, se não encontrar nem pérolas nem corais, cingir-te-ei com as minhas lágrimas e com o meu sangue... Atravessarei paragens inóspitas, dormirei ao relento sobre as pedras, afrontarei as raivas do oceano, beberei as águas podres dos charcos esverdeados, se me ordenares que eu passe por esses transes...

Farei com que minha carne apodreça e cubra-se de vermes e pus, com que meus olhos se afundem e os meus cabelos caiam e as minhas mãos inchem e estalem-se-me as unhas, se acaso tiveres o capricho de querer ver-me nesse estado nojento, reduzida a um pântano monstruoso, cheio de répteis fétidos e podridões nauseabundas...

Enterrar-me-ei viva, depois de ter sido completamente esfacelada, para satisfazer-te qualquer exigência ou a curiosidade de assistir a um martírio horroroso e lento, ainda não concebido pelo mais bárbaro déspota...

Suportarei todas essas torturas, sem me queixar e mesmo julgando-me ditosa, contanto que me ames ou finjas amar-me, pois, em meio desses horrores, teu carinho será um bálsamo que me fará esquecer as angústias sofridas e por sofrer.

Teu desprezo, porém, seria muito mais doloroso que todo esse martírio, pungiria tanto quanto a cegueira sentida eternamente por um mísero condenado a não morrer, ou a cusparada dum filho no rosto duma boa mãe, que se tivesse sacrificado por ele...

Há muito que te esperava, e hoje posso te ver, a rir-me do alto, confundindo-te com os astros...

Baixas das nuvens onde moras, para que eu também possa rir-me em teus braços e sentir o que nunca senti...

Ateia-se um impetuoso incêndio no meu sangue e corre um vendaval irreprimível pela minha cabeça alucinada...

Chega-te a mim! Quero o calor de teu peito e a frescura do teu beijo, a embriaguez do gozo e a febre do delírio...

Vem! Abandona a fabulosa opulência do teu palácio, pela opulência ainda maior dos meus seios em flor, despreza as cintilações que te rodeiam pelo fogo dos meus olhos e pelo cetim da minha boca desabrochada...

Em meus braços acharás um leito, onde ninguém repousou até agora, deliciosíssimo leito que nos servirá também de túmulo...

Deixa, portanto, o Armamento em que moras e vem iluminar com teu riso o firmamento proceloso de minha vida...

Ambos somos jovens e castos, sequiosos e belos...

Andávamos à procura dum ideal sonhado e este nos aparece agora...

Aproveitemos a nossa juventude enquanto é tempo...

Ouve meus rogos e minhas súplicas e apazígua esta inquietação que sinto, com as tuas carícias e com os teus arrebatamentos.

Sufoca-me, aperta-me nervosamente num frenesi de alucinado, numa voracidade de faminto...

Tenho necessidade deste exagero; quero morrer vítima dum excesso criminoso...

Sufoca-me, que me sinto esvaída! Suga-me todo o mel dos lábios, devora toda a exuberância dos meus seios, pois desejo ser comprimida, furiosamente, pelos teus braços...

Dilacera-me, por piedade, esta carne ressuscitada, esta carne incendiada e revolta, que tem sido o meu maior suplício...

Roja-me ao chão, morde-me o colo erguido, arranca-me os cabelos e as entranhas, goza a minha virgindade sublevada, pisa-me, torce-me os braços até que eu possa morrer, depois de ter satisfeito a luxúria do meu sangue.

Desce, ambicionado noivo. Desce!

(Vê a lua abrir-se à forma duma porta rutilante e dela sair um anjo que de asas abertas desce por uma escada de ouro, lábios aflorados num riso sedutor.

É lindo como o alvorecer e tem nas vestes a alvura dos jasmineiros...

Aproxima-se lentamente da cela...

A santa abre enormemente os olhos, e atira-se, palpitante, em direção ao anjo que desaparece junto à imagem de Cristo.

Cega, completamente cega, Santa Tereza se arroja ao crucifixo onde está o Jesus de braços abertos, hirto e ensanguentado...

Lança-se a ele, arranca-o da parede, em exclamações repetidas e rápidas, beija-o, roja-se ao chão, apertando-o entre os braços trêmulos, numa vertigem de doida...

Ergue-se e tomba novamente; bate-se no leito que estremece e range como a protestar contra o horrível sacrilégio, revolve os travesseiros e lençóis; rompe-os, entesa-se, curva-se, torcendo a imagem sagrada, beijando-a, mordendo-a...

Às vezes parece que quer fugir, lançar-se pela janela abaixo, rasgar as paredes tão frias com os choques sucessivos do seu corpo tão quente...

Agora se acalma um pouco, baixa os olhos languidamente, enquanto lhe saltam os seios, apertados no cilício que não pôde contê-los...

Depois a faria recomeça, e torna a apertar ansiosamente a imagem do crucificado, cujo resplendor lhe produz um grande rasgão na face, que se banha em sangue, como se fosse um anátema que lhe lançasse Jesus ante este sacrilégio.

Ela, que a princípio não sentira a incisão, depois de algum tempo torna a si — devido à grande quantidade do sangue que lhe escorre do rosto manchando-lhe a roupa e o chão...

Acorda e vê, horrorizada, a imagem toda mordida, sem braços, o resplendor atirado longe, quase se separando da cruz.

Seu olhar toma imediatamente uma funda expressão de pavor.

Trêmula como um junco, olhos arregalados, face lívida e gélida, mãos crispadas, cabelos eriçados, lembra uma figura de pedra representando o medo e o assombro...

Ninguém poderá vê-la nesse estado, sem correr logo, tão feia é a expressão do seu rosto...

Imóvel, o olhar fixo e desvairado, a boca aberta, parece que ainda não compreendeu tudo que se passou, a altura do seu crime inacreditável...

Dir-se-ia que seu coração se paralisara de súbito...

Passada esta primeira fase, vai coordenando, pouco a pouco, as ideias e, quando mede a gravidade do que praticara, lastima-se muito, chorando sob a imagem de Cristo, que depois esconde com os fragmentos esparsos num lugar reservado...

Em seguida busca os aparelhos da penitência e martiriza-se tanto que é obrigada a ir para o leito, donde não pôde mais se levantar...

Toda ferida, parece uma chaga revolvendo-se dolorosamente numa angústia sem fim, num desespero de comover pedras...

O mocho reaparece como um acusador do hediondo atentado, e esta aparição apavora ainda mais a pobre freira, que fecha os olhos, tintando de medo.

Pensa no suicídio, para se livrar do asco que todas as outras freiras terão dela ao saberem do acontecido.

Vê, em frente a si, as companheiras em fila expulsarem-na do convento, e a família, indignada, fechar-lhe a casa.

Depois, como consequências lógicas, a desmoralização do seu nome respeitado em toda a parte como o de uma santa, e o ridículo em que envolverão suas visões e milagres...

Não há salvação possível...

Tudo está irremediavelmente perdido...

Em breve será despenhada da altíssima torre de sua fama quase imortal ao lodo do escárnio...

Amanhã será desmascarada pela verdade dos acontecimentos, ficando reduzida a um ente desprezível, a uma hipócrita — ela, a boa, a piedosa, a santa.

Enquanto assim pensa, estremece-se derramando copioso choro e a aflição aumenta quando vê que esses castigos, por enormes que sejam, nada são para o tamanho de sua culpa...

De quando em quando, fecha os olhos para fugir a visões assombrosas que parecem surgir das paredes alvas e quietas...

Sim; amanhã, sua família será manchada, seu nome escarnecido e talvez excomungado, ninguém mais terá dó de sua desgraça e, apesar de tão horríveis transes, não se remunerará para com o Senhor.

Um suicídio nada adiantará, somente pode haver um remédio: é, depois de expulsa do convento, dedicar-se exclusivamente à desventura alheia, como um apóstolo do bem.

Talvez isto a salve aos olhos de Deus, porque aos olhos do mundo não há mais reabilitação alguma.

Um tremor convulsivo sacode-lhe todo o corpo em arrancos frequentes, e copioso suor escorre-lhe pela epiderme, molhando a camisa que lhe oculta as grandes chagas provenientes da atroz disciplina a que se submetera...

Encolhe-se no leito e vê projetada na parede a sombra do mocho — testemunha muda do seu penosíssimo tormento...

Tem até medo de gemer e virar-se no leito.

Pede, mentalmente, ao céu perdão de sua fraqueza, autora do involuntário sacrilégio que fizera...

Parece uma escrava açoitada que vai tornar a sê-lo em breve...

O luar, que vem de fora, beija-a respeitosamente, com piedade talvez de sua desventura.)

CAPÍTULO 9

# O FANTASMA NEGRO

(Apavorada e hirta, vê-se no leito Santa Tereza, à semelhança dum defunto num quarto abandonado...

Respira apressadamente e arregala às vezes os olhos como se estivesse vendo qualquer cena esquisita...

Pensa em coisas sinistras, em histórias apavoradoras que ouvira quando criança...

A lua brilha com mais fulgor em despedida talvez, porque em breve se recolherá).

Eu, que sempre acho a lua tão formosa, não sei por que motivo ignoto agora tenho medo dela...

Está tão triste!

Assim era a face de minha mãe no dia em que professei; em seu olhar havia a mesma dor, em sua dor havia a mesma grandeza.

Abafando uma dúvida que me angustiava, entrei para este convento como se entrasse viva para a sepultura.

Lembro-me como se fosse hoje!

No dia em que, de fronte curva, jurei aos pés de Deus, senti acordar em mim uma suspeita de próximo arrependimento e a imagem lacrimosa de minha mãe me aparecia ao longe, a acenar para mim, como a padroeira que foi da minha existência...

O tempo correu, e um dia ela partiu para o seio de Deus, donde talvez pense ainda em mim. Vejo-a morta, olhos vidrados, a boca entreaberta como chamando por alguém, as mãos brandas como se estivessem afagando a fronte de algum ente querido...

Foste feliz, minha mãe, que não assististe ao descrédito de tua filha!

(Grandes nuvens de chuva encobrem totalmente a lua...

Grita um vento frio pelos telhados...

O espaço escurece-se...

Sumiram-se todas as estrelas...)

Foi numa noite assim que ela me contou uma história tão pavorosa que ainda hoje me faz tremer de medo, quando a recordo... Uma vez era um rei... esta história é tão antiga que foi contada a minha mãe pelos meus avós, que também a ouviram de seus pais...

Sim, era uma vez um rei muito forte e muito orgulhoso...

Tinha uma filha alva como as noites de lua, loira como os dias de sol...

Ela era toda a sua vida e valia mais que o seu riquíssimo reino, situado num lugar de que não me lembra agora o nome...

Um dia o rei soube que ela amava a um camponês de ombros largos e rosto moreno, com o qual todas as noites conversava no fundo do palácio...

Quis a princípio mandar matar o atrevido vassalo; porém, soube depois, que, se assim praticasse, mataria também a filha, que entisicaria logo após...

Ordenou então que se construísse uma fabulosa torre de bronze para aí prender a dona de todo o seu coração, evitando deste modo o amor desigual que dominava a infeliz.

Mais de mil operários gastaram meses na construção do cárcere gigantesco e, terminado o maravilhoso trabalho, o rei mandou degolá-los todos para que ninguém soubesse como se podia entrar na torre-cárcere, onde enclausurou, chorando, o maior tesouro de sua existência... Um irmão dela era o carcereiro... Trazia-lhe a comida em vasos de ouro e porcelana fazendo em seguida fechar-se atrás de si a entrada da misteriosa prisão...

A princesa definhava a olhos vistos, como luz que bruxuleia...

O camponês andava errante pelos bosques, a afrontar propositalmente os maiores perigos; mas quase sempre era visto num monte fronteiro olhando a torre tristemente.

Um dia, já morto de saudade, o perseguido amante jurou ir ver a princesa, que era alva como as noites de lua e loira, como os dias de sol... Para isto, disfarçou-se em guarda e entrou no palácio, onde havia salões de ouro e galerias de prata...

A hora em que o príncipe, um rapazinho de 16 anos, costumava ir à torre, o camponês escondeu-se à espera dele...

E sabe Deus quantos estremecimentos não lhe sacudiam o corpo nesses instantes que foram mais longos que séculos!

Afinal o carcereiro apareceu além, envolto numa capa flamante, cheia de pedras preciosas e aproximou-se do cárcere de bronze.

O camponês, então, agarrando-o pela garganta, o obrigou a dizer-lhe o modo pelo qual se entrava na torre...

O príncipe indicou uma pequena chave, que, comprimida, fazia girar nos gonzos uma enorme porta...

O ansioso amante fez logo esta abrir-se e penetrou o opulento recinto, onde, pálida e magra, estava a filha do rei a chamar por alguém...

O irmão da princesa, mal se viu solto, correu ao palácio para contar o ocorrido ao pai. Este carregou as sobrancelhas, e, acompanhado de guardas, partiu ao cárcere da filha...

Entrou calmamente na prisão e foi achá-los abraçados na síncope do gozo...

Seu semblante não se alterou, nem também o tom de sua voz...

Olhou para os guardas e deu ordem de prender os dois infelizes namorados...

No dia seguinte, mandou construir-se uma grande fogueira e erguer-se junto desta uma cruz... Chamou a filha e disse:

"Amei-te como ninguém poderia amar-te... eras a minha esperança e o teu carinho me era mais precioso que este trono onde estou sentado. Não quiseste nem corresponder ao meu afeto, nem justificar o meu orgulho, então mandei encarcerar-te naquela torre para ver ao menos se não manchavas o meu nome...

Traíste-me, oferecendo a virgindade do teu corpo a um camponês; pois bem, este corpo, indignamente profanado, vai ser queimado hoje.

Daqui a pouco tua carne estará reduzida a cinzas..."

Depois, chamou o camponês e disse:

"Fizeste bem, se eu fosse tu, não praticaria de outra maneira..."

Em seguida, mandou que o soltassem e dirigiu-se ao lugar onde estava acesa a fogueira e erguida a cruz, e ordenou que o crucificassem.

Queria assistir ao martírio da filha, pregado numa cruz, suportando, portanto, dois martírios...

Abriu os braços, que os guardas pregaram ao madeiro, sem dar um gemido, heroico e sobre-humano...

Depois lhe amarraram também os pés, e foram buscar a filha para ser lançada à fogueira...

Assim que ela apareceu pálida e chorosa, uma lágrima — a primeira — rolou pelo severo rosto do rei... Suspenderam-na com os braços e atiravam-na após à fogueira esbraseada e fumegante.

Um grito agudíssimo de dor rompeu o espaço, e o crucificado, que não gritara ao ser pregado ao lenho, correspondeu com um gemido ao grito da filha...

As chamas alcançaram também a cruz e os gritos de dor continuavam a cindir o espaço cada vez mais fortes...

O rei, gemendo, baixou as pálpebras por alguns instantes; mas, ao abri-las, via a princesa toda queimada, sem cabelos e cega, a pular entre as labaredas... deu um grito horrendo; os olhos se lhe saltaram das órbitas; quis arrancar os braços, deu muitos gritos estrondosos, afugentando os pássaros e os animais...

Tinha enlouquecido... Todos correram assombrados ao verem um doido a gritar numa cruz, e quando voltaram viram cinzas no lugar da fogueira e um cadáver sobre o lenho...

Corvos pairavam-lhe em torno da cabeça, devorando-a, seus olhos já tinham sido comidos e corria-lhe das narinas um pus nojento.

Quanto ao camponês, ninguém teve mais notícias dele...

Hoje, se ainda alguém passa pelo fúnebre lugar, morre assombrado, julgando ver esqueletos crucificados pelas árvores cheias de caveiras e sentindo-se estrangulado pelo rei sem olhos e sem nariz...

(Uma lufada de vento apaga a luz da lâmpada, deixando a cela no escuro... A santa, de tão pálida, torna-se lívida...

Vê sair do telhado um fantasma todo vestido de negro, com um chicote na mão e uma fornalha na boca. Sente mãos felpudas apertarem-lhe os pés e puxarem-lhe os cabelos.

No lugar onde estava o crucificado aparece um buraco repleto de cobras fosforescentes...

Olhos vermelhos e arregalados espiam por entre as frestas das telhas...

O fantasma negro avança para ela, mostrando os dentes pontiagudos e as garras afiadas como para devorá-la...

Dá uma chicotada no ar e aparecem de repente pela janela os velhinhos que estão sepultados junto ao castanheiro, o rei crucificado sem olhos nem nariz, a princesa com as tranças incendiadas, esqueletos altíssimos e tronchos, caveiras irônicas...

O espaço clareia-se com uma luz amarelo-esverdeada...

O fantasma negro vibra outra chicotada sobre os esqueletos que gemem e se ajoelham.

Depois, todos avançam para levá-la... mas de repente o luar, surgindo um pouco entre as grossas nuvens que o cercam, invade a cela, espantando todos esses fantasmas que fogem, rindo, pelo telhado e pela janela.

Santa Tereza desmaia, suando frio...

Está rija como uma pedra, ou mais ainda...

Ergue a fronte, vê a lua e fica mais aliviada).

Este horrível pesadelo foi com certeza um castigo de Deus...

Nunca tive tanto medo nem nunca prendi tanto...

Ainda julgo ver surgir do telhado o hediondo fantasma negro, e aparecerem pela janela os dois velhinhos, acompanhados de esqueletos chacoalhantes e tortos...

Ah! Mas este pavor me corrige, por causa dele serei, de agora em diante, pura; minha carne refreará os seus ímpetos, meu sangue abafará seu incêndio...

Posso agora respirar livremente...

(Volta-se à cabeceira do leito e vê que o mocho tinha desaparecido).

Deus, só hoje é que pude ter uma ideia da tua generosidade infinita...

Depois de seres ofendido como foste, satisfizeste o meu maior desejo, expulsando do leito a maldita sentinela que assistira a todos os meus desregramentos...

De hoje em diante, serei tranquila, ainda que tenha de sofrer amanhã o pesar de ser expulsa deste convento, pois a minha desgraça consiste somente na luxúria dos meus nervos domados, depois do terrível abalo que há pouco experimentei...

Como te agradeço este beneficio que me fizeste, esta liberdade que me concedeste depois dum tão horroroso cativeiro! Em mim se sumiu agora a hipócrita para surgir a santa!

Como sinto-me feliz!

Estou convicta de que não cairei mais noutra falta, devido à severidade do castigo sofrido...

Em minha alma canta um passarinho dourado: — é a esperança, que tenho de ser boa, embora não seja compreendida por pessoa alguma!

Amanhã cedo sairei daqui, e irei afrontar as guerras e as pestes pelo amor de Deus, que é tão nobre para comigo...

Onde houver uma criança aflita, aí estarei, servindo-lhe de mãe e lhe minorando o tormento: se encontrar um lázaro na estrada, ao calor do sol, o aquecerei com as minhas palavras confortadoras e lhe enxugarei as chagas; quando houver uma guerra, irei arrostar as lanças para apanhar um ferido...

Vagarei de terra em terra, qual uma forasteira, espalhando bênçãos em volta de mim e deixando um rasto de gratidão nas almas daqueles que eu acolher, desvelada e carinhosa.

Assim lavarei o meu nome, que amanhã por estas horas estará amaldiçoado por todos como o de uma fingida...

E, depois de uma existência curta ou longa, morrerei satisfeita e abençoada por muitos...

(A cela clareia-se... Derrama-se uma alegria por tudo e a pomba cor de leite, abrindo as asas, aparece de súbito e paira nos ombros de Santa Tereza, arrulhando docemente... O rosto da Santa irradia de prazer, como se estivesse no céu entre anjos e estrelas, perto do sol e de Deus...)

Que noite extraordinária a de hoje...

Durante ela pratiquei o sacrilégio mais vil, recebi o castigo mais justo e gozo o contentamento mais intenso...

Por fim te vejo, querida companheira de minha alma, luar que prateava a noite do meu coração! Não sabes quanto sofri durante o tempo em que estiveste ausente, sem me consolares com a frescura do teu arrulhar, nem me animares com a alvura da tua plumagem...

Felizmente essa ausência não...

(Cala-se, fitando a pomba, extasiada e humilde... Nos seus olhos brilha a candura de uma súplica, nos seus lábios o sorriso de uma alma consolada... Como que a cerca, envolvendo-a num manto diáfano, a proteção de um carinho, a névoa de uma bênção... Ela concentra os olhos meigos sobre a boa companheira de suas horas felizes... A maneira de uma hipnotizada, vai ficando, aos poucos, de olhar inexpressivo... Agitam-lhe o corpo convulsões estranhas... Cai em delírio... estremece... torna-se pálida, fria... rebenta dos seus lábios uma explosão de sangue que irrompera do peito enfraquecido, exausto... A onda rubra encrespa-se, inundando-lhe o rosto marmóreo, lívido... Ela soluça cada vez mais baixo, murmura apenas uns sons fugitivos... Borbota o sangue espumando... invadindo-lhe a boca, sufocando-a... Ela desfalece aos poucos e, afinal, cai dos seus olhos cavados a lágrima da morte...

De longe, a pomba velava, como uma boa irmã, o corpo inerte da Santa.

A abadessa, acompanhada pelas freiras, entra na cela de Santa Tereza para saber o motivo por que deixou de comparecer à ação matinal.

Encontra-a a dormir, plácida e pálida, sorrindo.)

**A ABADESSA**

Como sorri dormindo! Está certamente ouvindo a Virgem Maria, que lhe dita conselhos e beija-lhe a cabeça.

Parece um anjo... mas donde veio a chaga que lhe sangra o rosto?

**PRIMEIRA FREIRA**

E onde está a imagem do Crucificado?

Quem foi que o retirou do competente lugar?

**SEGUNDA FREIRA**

É que Jesus está conversando com ela.

**PRIMEIRA FREIRA**

E por isso fugiu donde estava, transfigurando-se.

**TERCEIRA FREIRA**

Infelizmente nós, pecadoras, não podemos assistir a tamanho milagre...

**QUARTA FREIRA**

Como seu corpo está chagado!... Ah! São com certeza as chagas de Cristo que se encarnaram nela... A do rosto então é igualzinha.

**QUINTA FREIRA**

E o que querem dizer estas nódoas de sangue no chão?

**A ABADESSA**

Soube, dito por sóror Maria, que mora na cela vizinha, que esta santa passou a noite inteira a falar e a correr, alucinada, sem dormir.

Quanto às manchas de sangue, não sei como lhes explicar a causa... É um mistério divino... Ajoelhemo-nos... mas antes de tudo, convém chamar testemunhas de fora para provarmos que as *Visões de Santa Tereza* não são uma exploração, como se espalha por aí...

Cidade de Salvador, Junho 1897.

VERMELHO MARINHO

Spirit

BRASILIARIS.COM.BR